Die Reise

Gerd Friederich, aufgewachsen im hohenlohischen Langenburg und schwäbischen Bietigheim an der Enz, studierte in Würzburg fürs Lehramt (Deutsch, Kunst, Geschichte, Geografie) und berufsbegleitend noch zweimal, zunächst in Tübingen (Pädagogik, Philosophie, Psychologie, Landeskunde), wo er mit einer Arbeit zur Schulgeschichte promovierte, und viele Jahre später in Nürnberg (Malerei). Er arbeitete als Lehrer, Heimerzieher, Personalreferent, Schulrat, Lehrerausbilder und veröffentlichte viel Fachliteratur. Jetzt lebt er im Taubertal, schreibt Romane und malt Porträts und Landschaften.

GERD FRIEDERICH

Die Reise

Bibliografische Information der Deutschen Nationalbibliothek
Die Deutsche Nationalbibliothek verzeichnet diese Publikation
in der Deutschen Nationalbibliografie; detaillierte bibliografische
Daten sind im Internet über http://dnb.d-nb.de abrufbar.

Umschlagdesign, Satz, Herstellung und Verlag:
BoD - Books on Demand, Norderstedt
ISBN 978-3-7578-5693-9

Inhalt

Ich lebe mein Leben in wachsenden Ringen,
die sich über die Dinge ziehn.
Ich werde den letzten vielleicht nicht vollbringen,
aber versuchen will ich ihn.

(Rainer Maria Rilke)

Stuttgart, Juli 1872

Heute muss es gelingen!
Alt werden ist kein reines Vergnügen, aber alt werden ohne dieses Bild? Niemals!

Den Kopf gesenkt, in eine dicke Wolldecke gewickelt, erwarte ich in meinem Atelier, was der Tag bringen mag. Der Garten vor mir liegt fahl und schweigsam im ersten Morgenlicht. Der Sturm, der gegen Mitternacht ums Haus geheult und Regenschauer gegen die Fensterscheiben geklatscht hat, dass das Atelier an allen Verstrebungen und Nieten ächzte und zitterte, hat sich gelegt. Vom nächtlichen Inferno ist nichts mehr zu hören und zu sehen. Eine gelbgetigerte Katze schleicht auf Kieswegen um die Blumenrabatte und schnuppert. Das merkwürdige Schimmern am Horizont, das mich zunächst beunruhigte, bedeute absolut nichts, hat mir meine Frau vorhin versichert. Ein strahlender Sommertag stehe uns bevor.

Mein Sessel aus heimischer Weide, mit vielen Kissen ausgepolstert, ist bequem, kann ich doch die Beine auf einem Hocker ausstrecken.

Meine Kehle ist trocken. Der kleine Schluck Wasser erfrischt. Vorsichtig stelle ich das Glas neben die Karaffe zurück auf den Beistelltisch.

Die dumpfen Schmerzen in meinen Schläfen habe ich zurechtgewiesen: Jetzt nicht! Morgen kümmere ich mich um euch.

Und wenn es nicht gelingt? Den alten Widerspruchsgeist bügele ich sofort nieder: Quatsch! Warum sollte es denn nicht gelingen?

Die ganze Nacht habe ich hier verbracht. Auf meine Bitte hin hat meine Frau gegen Morgen die Flügeltüre zum Garten geöffnet, als sie mich aufsuchte und nach meinen Wünschen fragte. Frische Luft strömt herein und verbreitet den belebenden Geruch von feuchter Erde und dampfenden Bäumen, Sträuchern und Stauden.

Heute muss es gelingen!

Mir kommt in den Sinn, dass ich viele Wünsche, Vorstellungen und Träume in meinem Leben gehabt habe. Manche sind in Erfüllung gegangen. Vieles ist unerreicht geblieben oder ist mir wieder aus den Händen geglitten. Aber im Großen und Ganzen bin ich mit meinem Leben zufrieden.

»Mir geht es ordentlich«, habe ich meiner Frau versichert. Die Schmerzen erwähnte ich nicht. Damit will und muss ich allein fertigwerden.

Gerade heute will ich an nichts denken, das belasten könnte. Denn jetzt gilt es, voller Tatendrang das Jahrhundertwerk zu vollenden.

Ich bin am Abend wieder nicht ins Schlafzimmer gegangen, konnte ich in letzter Zeit doch nicht mehr schlafen. Viele Nächte bin ich nur noch wach unter dem Federbett gelegen und habe zur Decke gestarrt. Hier im Atelier, beim Duft der Natur und mit Blick auf Narzissen, Flieder und Clematis, den geliebten Nussbaum und den Himmel, vergehen die Stunden viel schneller, so will es mir scheinen.

Auf der großen Staffelei vor dem Fenster steht das Bild, das ich heute zu Ende malen will.

Die Sonne über dem Meer soll es einfangen, die unter den Wolken hervorschaut. Sie erleuchtet ein paar Wellen und einen schmalen, grünen Saum vor dem Waldrand. Das Wasser graublau bis türkis, der Himmel tiefblau und die Sonne von weiß über gelb bis blutrot. Es soll ein geheimnisvolles Gemälde werden, das einen Hoffnungsschimmer in die Düsternis setzt, wie auch ich in den letzten Jahren, allen Zipperlein zum Trotz, fast immer heiter geblieben bin, voller Zuversicht auf eine bessere Welt.

»Sie malen das Abendrot?«, hat der Student am Vortag gefragt.

»Woraus schließen Sie das?«

»Aus den Farben der Sonne: weiß, gelb und rot.«

»Und wie malt man das Morgenrot?«

Der Student hat verschämt gelacht: »Weiß, gelb und rot.«

»Und wie unterscheidet sich dann das Morgenrot vom Abendrot?«

Der Student hat mich ratlos angeschaut, worauf ich zu ihm gesagt habe: »Warten wir's ab.« Mehr nicht, denn ich weiß selbst noch nicht, ob ich die in einem Feuermeer untergehende Sonne oder ihre Wiedergeburt im strahlenden Morgenlicht malen soll.

Ich habe in den vergangenen Monaten oft vom Meer geträumt. Von Sonne und Wind, der fast immer von Westen kommt. Und ich habe geglaubt, das Salz zu schmecken und das Wasser zu riechen.

Ich mag den Wind, weil er mit jeder Böe die Schmerzen und alle trüben Gedanken aus dem Kopf bläst. Ich sehne mich nach Sonne, Meer und Wind. Aber nach Neurussland und ans Schwarze Meer will ich nicht mehr. Mit meinem früheren Leben habe ich abgeschlossen.

Ich träume oft von der Ostsee, und ich hoffe, bald ihre feinen Sandstrände unter meinen Füßen zu spüren, ihre Bodden- und Fördenküsten zu sehen, ihre vielen kleinen Inseln, ihr sanftes, freundliches Wetter und ihre reichen Hansestädte zu genießen. Ich bin noch nie dort gewesen, aber ich habe viel darüber gelesen, habe Bilder angeschaut und allerlei gehört, und fast immer nur Gutes. Auch die raue Nordsee mit ihrem Wattenmeer und den Gezeiten, in vielerlei Hinsicht das Gegenteil der Ostsee, will ich sehen.

Ob ich in meinem Alter eine so große Reise überhaupt noch wagen kann, frage ich mich jeden Tag. Mit Freund Alex habe ich schon oft darüber gesprochen. »Wart's ab«, hat er jedes Mal orakelt.

Durch die Türe zum Hausflur kommt das Zimmermädchen mit dem Tee. Es balanciert das Tablett auf der linken Hand.

Eine schöne, junge Frau, geht mir durch den Kopf, und ich beobachte, wie sie Kanne und Tasse, beides aus feinstem Porzellan, sowie einen ebensolchen Teller mit einem Wurst- und einem Käsebrot neben Karaffe und Wasserglas auf dem kleinen Tisch abstellt. Ihre Bewegungen sind geschmeidig, ihr Auftreten zurückhaltend, ihr Gesicht fast noch kindlich und glatt.

»Wie lange bist du jetzt schon bei uns?«

»Am Johannistag sind es drei Monate, Durchlaucht.«

»Ich will kein Fürst und auch keine Durchlaucht mehr sein, also lass das bitte!« Und damit sie das nicht als Rüge auffasst, spende ich ihr ein verzeihendes Lächeln. »Und nimm das Käsebrot bitte wieder mit. Ich habe keinen Hunger.«

Sie nickt. »Brauchen Sie noch etwas?«

Als ich den Kopf schüttele, verschwindet sie wieder im Haus. Die Kanne ist ohne Deckel, wie ich es wünsche, weil so der Tee schneller abkühlt. Ich hasse heißen Tee. Kleine hellgrüne Blättchen schwimmen im Wasser, denn morgens trinke ich nur noch grünen Tee. Professor Leisinger vom Katharinenhospital hat mir dazu geraten. Täglich zwei Kannen, eine morgens, eine abends, dann würde ich hundert Jahre alt werden.

Vielleicht ist das Unsinn, doch manchmal nützt es, an solche Dinge zu glauben.

Ich trinke langsam und zwinge mich, das Wurstbrot zu essen. Appetit habe ich schon lange nicht mehr. Vielleicht wird es anders, wenn das Bild fertig ist.

Mit einem Mal, will es mir scheinen, höre ich Möwen schreien. Aber kann das sein? Kein Meer weit und breit! Oder doch? Vor langer, langer Zeit habe ich die Möwen bewundert, wie sie sogar bei aufziehendem Sturm über das Wasser segelten und auf den Wellen schaukelten. Das ist im Hafen von Odessa gewesen. Ich habe in einem Café hoch über dem Schwarzen Meer gesessen, habe den Hafen gezeichnet und den später nach mir benannten Jahreskalender erfunden, der bis heute in vielen Häusern hängt und inzwischen von meinem Sohn fortgeführt wird.

Ich setze mich aufrecht und trinke noch eine Tasse Tee. Wieder diese ziehenden Schmerzen in den Schläfen. Seit meinem Aufenthalt im Hospital ist nichts mehr wie früher.

*

Das Haus, in dem ich schon seit gefühlt prähistorischen Zeiten lebe, liegt nur wenige Schritte vom Stuttgarter Zentralbahnhof in der Schlossstraße entfernt. Eine Allee begrünt die kleine Nebenstraße, deren eine Seite fast ganz von meinem Anwesen eingenommen wird.

Wenn man mich besuchen will, muss man durch das schmiedeeiserne Tor gehen, umrankt von geschmiedetem und vergoldetem Efeu. Neben dem Tor hängt ein Messingschild. Darauf steht *Maron* und darunter *Samarow*.

Viele Leute, die vorbeischlendern, fragen: Samarow? Wer ist Samarow? Maron, Maron? Ist das nicht der Maler? Und wie kann sich der eine solche Villa leisten? Das amüsiert mich doch sehr, wenn ich hinter den Hecken in der Sonne liege und den Passanten zuhöre.

Dass ich auch Samarow heiße, eigentlich Fürst Samarow bin, wissen nur noch wenige, lebe ich doch schon seit über fünfzig Jahren in Stuttgart. Aber es stimmt schon, dass ich einst hier bei Hofe eine große Rolle spielte, Gold- und Silberminen im Ural besaß, ein großes Gut bei Odessa hatte und mit Getreideausfuhren aus Russland reich wurde. Ganz alte Leute erinnern sich, dass ich zwei Identitäten und zwei Pässe habe, einen russischen auf den Namen Fürst Ewgenij Samarow und einen württembergischen, ausgestellt auf Eugen Maron. Jetzt bin ich für meine Nachbarn und die Stuttgarter der Maler Maron, der prämierte Landschaftsbilder auf die Leinwand zaubert und gelegentlich auch Porträts auf Bestellung fertigt.

Wenn Passanten durch das lange Schmiedegitter

spähen, blicken sie auf einen von Blumenrabatten gesäumten Weg. Rechts davon stehen drei Birken, zwei ausladende Rhododendronbüsche und viel blau und rot blühendes Erika. Der Gärtner muss den Pflanzen jedes Frühjahr frischen Torf geben, brauchen doch die Büsche und das Erika einen sauren Boden.

Der Weg führt zu einer breiten Marmortreppe. Steigt man die hinauf, kommt man in mein Haus. Ich nenne es Haus, aber meine Nachbarn sagen Villa, Villa Maron.

Links neben meinem Haus steht ein kleineres Gebäude fürs Personal: Hauswirtschafterin, Köchin, Zimmermädchen, Hausmeister und Gärtner. Einen Kutscher habe ich schon lange nicht mehr, weil ich nur noch selten das Haus verlasse. Und will ich doch mal wohin, dann lasse ich einen Lohnfuhrmann rufen.

Dass hinter beiden Häusern ein großer Garten liegt, wissen nur Eingeweihte. Auch mein Atelier, das hinten an mein Haus angebaut ist, kann man von der Straße aus nicht sehen.

*

»Schläfst du?« Ich höre ihre Stimme und schlage die Augen auf.

»Ich muss wohl eingenickt sein. Wann kommt der Student?«

»Frühestens in zwei Stunden.«

Meine Frau räumt den Beistelltisch ab, bis auf das Glas, in das sie Wasser aus dem Krug gießt, nimmt das Tablett auf und fragt im Weggehen, schon zum zweiten Mal an diesem Morgen: »Kann ich dir etwas Gutes tun?«

Ich schüttele den Kopf und schließe die Augen. Sie verlässt das Atelier, und ich dämmere vor mich hin.

Nach dem Aufenthalt im Hospital habe ich mich zuhause in den Garten gesetzt und über die letzten Jahrzehnte nachgedacht.

Vierundachtzig! Ein schönes Leben!

Gedankenverloren sehe ich zur Krone des Nussbaums auf.

Wieder mal Glück gehabt!

»Viel trinken«, hat der Arzt zum Abschied gesagt. »Und Alkohol meiden.«

Glück gehabt, aber was ist Glück?

Viel Geld auf der Bank? Frau, drei Kinder, ein Haus? Macht gewiss glücklich, zwar nicht immer, aber dann und wann sehr wohl. Doch das allein kann es nicht sein. Mit Geld kann man sich keine zusätzlichen Lebensjahre verschaffen. Mit Geld kann ich mein Sündenregister nicht löschen lassen. Mit Geld kann man sich keine Gesundheit kaufen. Mit Geld geraten die Kinder nicht besser.

Was ist dann Glück?

Ich trinke das Glas leer und stelle es zurück auf den Tisch.

Wahrscheinlich ist Glück für jeden etwas Anderes. Als Kind war ich glücklich, wenn man mir einen Bleistift geschenkt hat. Oder wenn ich auf dem Rücken eines Pferdes sitzen durfte. Jetzt habe ich einen angesehenen Beruf und einen großen Freundeskreis.

Damals, im Hospital, war ich vierundsiebzig. Und jetzt bin ich vierundachtzig. Vierundachtzig! Wer schafft das schon? Ich kenne nicht viele, die so alt sind.

Ist das Glück?

Wohl eher nicht!

Doch wie und woran misst man eigentlich Glück? An der Blitzartigkeit, mit der es einen überfällt? An der Dauer und Stärke?

Nein, jetzt weiß ich es: Glück ist kein Zustand, vielmehr ein Augenblicksgefühl. Mal ist es urplötzlich da. Mal stellt es sich schleichend ein. Mal kommt es laut, mal leise. Für einen Wimpernschlag sind alle Sorgen verschwunden, und die Seele atmet auf. Aber dann ist es auch schon vorbei, und alles wieder wie zuvor.

Man wird so leicht kein Haus finden, das mit allen vier Seiten nach Süden liegt. Beim Glück ist es auch so. Der Schatten gehört zum Leben wie die Sonne.

»Aber du bist ein Wunder!« Der Nussbaum strahlt im Morgenlicht und grüßt ins Atelier herein. Nach meiner Hochzeit habe ich ihn eigenhändig gepflanzt. Vor über fünfzig Jahren! Lebensbaum nannten ihn damals die alten Leute, bringe er doch Zuversicht ins Leben, sei kraftstrotzend und strahle auf die umgebende Natur und auch auf die Menschen aus.

In den ersten Jahren wuchs der Steckling sehr unregelmäßig, höchstens eine Handbreit im Jahr. Ich wollte ihn schon heraushauen. Doch dann, als hätte es der Winzling geahnt, schoss er in die Höhe, jedes Jahr etwa drei bis vier Fuß. Jetzt ist er ein mächtiger Baum, hat einen dicken Stamm und eine über dreißig Fuß breite Krone.

Ich atme den aromatischen Duft des Baumes tief ein und werfe einen dankbaren Blick auf das dunkelgrüne Blätterdach. In etwa drei Monaten darf ich wieder, wie jeden Herbst, die köstlichen Nüsse genießen. Fallen sie zu Boden, platzt die grüne, fleischige Außenschale auf. Tag für Tag sammle ich sie ein, sonst stibitzen sie die Eichhörnchen und Elstern. Mit zwei Nüssen in einer Hand kann man die verholzte Schale knacken und mit braunen Fingern die noch weiche, goldgelbe, bitter schmeckende Haut vom Kern abziehen. Schälnüsse! Dazu ein Stück Käse und ein frisches Brot! Was für eine Gaumenfreude!

Aber warum bin ich die Treppe hinuntergefallen? Habe ich im düsteren Treppenhaus eine Stufe übersehen, bin ins Leere getreten und habe das Gleichgewicht verloren? Oder bin ich für einen

Augenblick nicht voll bei Sinnen gewesen und so kopfüber die Treppe hinabgepurzelt?

Der Arzt im Hospital hat mich mehrfach gefragt und prüfend angeschaut. Ich konnte mich beim besten Willen nicht erinnern, aber der Arzt hat mir nicht geglaubt.

»Das ist verdammt wichtig«, hat mich der Arzt ermahnt. »Wenn nämlich ein gesundheitlicher Aussetzer die Ursache war, dann müssen wir alles tun, ihn zu finden. Sonst könnte er jederzeit wiederkommen. Und dann?«

Seit meiner Entlassung aus der Klinik zermartere ich mir das Hirn. Selbst weiß ich keine Antwort und fragen kann ich niemand, weil ich im Treppenhaus allein gewesen bin.

Glücklicherweise habe ich unser Vermögen notariell den Kindern überschrieben. Wenigstens darüber muss ich mir keine Sorgen machen.

*

»Das Bad ist angerichtet!« Das Zimmermädchen reißt mich aus meinen Tagträumen.

»Wie bitte?«

»Sie wollten doch heute ein Bad nehmen. Die gnädige Frau meint, bis der Student kommt, bleibe dafür genug Zeit.«

Die Comtesse de Châtillon, Hoffräulein bei Königin Katharina, hat oft von der Reinlichkeit ihrer kaiserlichen Hoheit geschwärmt. Die Königin wasche sich jeden Morgen und Abend mit Seife und nehme mindestens einmal wöchentlich ein Bad. Und sie putze die Zähne jeden Tag mit Zahnpulver auf einem silbernen Bürstchen.

Das hat mir zu denken gegeben. Ich begann, mich für Körperpflege und Sauberkeit im Haus zu interessieren, zumal die Zeitungen immer öfter über dieses Thema berichteten. Hygiene! Das neue Modewort hatte ich zuvor weder gelesen noch gehört. Nicht lange her, da wurde behauptet, Waschen sei schlecht, weil ungesund und gefährlich. Alle Krankheiten entstünden durch verseuchtes Wasser, das über die Poren der Haut in den Körper eindringt. Nun wurde das Gegenteil behauptet. Körperhygiene verhüte Krankheiten und festige die Gesundheit.

Ich probierte dies und das und kaufte mir schließlich eine hölzerne Zahnbürste mit Schweineborsten. Ich versuchte es mit Zahnreinigungspulver in der Dose, stieg dann auf Zahnseife um, die mit Pfefferminze oder Menthol angereichert war, und kam schließlich auf die mit Glyzerin versetzte Zahnpasta, die anfangs aus Amerika importiert wurde. Seitdem ziehe ich mehrmals die Woche einen gewachsten Seidenfaden durch meine Zähne.

Auch kaufte ich eine Badewanne aus verzinktem Eisenblech und ließ im Untergeschoss meines Hauses einen Baderaum mit Holzboden und Kleiderständer, Handtuch- und Seifenablage einrichten. Das Badewasser wird im Waschkessel erhitzt, der in der Waschküche nebenan steht.

Als in Stuttgart die hölzernen Wasserleitungen durch abgedeckte steinerne Gerinne ersetzt und der neue Bahnhof und andere Gebäude sowie zahlreiche Laufbrunnen mit Frischwasser versorgt wurden, ließ ich eine Wasserleitung in mein Haus legen.

Zeitgleich habe ich eine Hausordnung verkündet, wonach sich alle Familienmitglieder und Hausbediensteten morgens und abends mit Seife waschen und einmal wöchentlich ein Bad nehmen müssen. Dafür darf sich jede und jeder Bedienstete alle drei Monate bei der Hauswirtschafterin eine wunderbare Seife aussuchen. Zur Wahl stehen die klassische Kernseife sowie Seifen mit ätherischen Ölen, wie Lavendel, Rosmarin oder Lemongras, hergestellt in Klars Seifenmanufaktur in Heidelberg und gekauft beim Beißwenger in der Königstraße, gegenüber der Legionskaserne.

Jeder im Haus weiß, dass ich keine ungepflegten Fingernägel und schmutzige Kleidung toleriere. Auch bezüglich der Sauberkeit in den Zimmern und im ganzen Haus bin ich kompromisslos. Also beachtet man meine Appelle ohne Murren, denn ich zahle gut und gewähre allen Bediensteten einen freien Tag in der Woche, was sonst in keinem Haushalt in Stuttgart üblich ist. Dafür gehen meine Leute für mich durchs Feuer, zumal ich alle im Haus achte und jedermann höflich begegne. Ich kann mit Genugtuung behaupten, dass in meinem Haus eine harmonische Fröhlichkeit herrscht.

Große Feste richte ich schon lange nicht mehr aus. Aber Besucher sind immer willkommen. Sei es zu Kaffee, Tee und Kuchen, sei es zum Mittagessen oder Abendvespern. Dabei werden keine extravaganten Gerichte aufgetischt. Ich liebe einfache, schmackhafte Speisen zu Mittag. Und am Abend will ich nichts Warmes, allenfalls mal zwei Spiegeleier, eine Pastete oder eine Gemüsesuppe. Ansonsten schätze ich ein rustikales Angebot an Brot, Käse, Wurst, gelegentlich eine Terrine, frisches oder eingelegtes Gemüse und Früchte der Saison. Wenn sich jeder nach Herzenslust selbst bedient, kommt es beim Essen zu den lebhaftesten Gesprächen, was mir sehr behagt.

*

Ich recke und strecke mich, denn ich habe bemerkt, dass ich dann fast schmerzfrei und gerade gehen kann. Ich steige ins Untergeschoss hinab, prüfe im Badezimmer, ob das Wasser warm ist und Seife und Handtuch bereitliegen, schließe die Tür ab, entkleide mich und steige in die Wanne.

Jeder im Haus, also gewiss auch ich, hat Anspruch auf eine viertelstündige Badezeit. Mehr nehme auch ich mir nicht heraus. Darum schaue ich auf die französische Kaminuhr aus Rosenholz, die mir Freund Alex vor ein paar Jahren zum Geburtstag geschenkt hat. Ein wahres Meisterwerk der Uhrmacherkunst. Die Wartung des Acht-Tage-Uhrwerks mit römischem Zifferblatt und viertelstündigem Schlagwerk obliegt der Hauswirtschafterin. Es ist noch nie stehengeblieben, weshalb ich die Dame belobigt und mit drei Tagen Sonderurlaub belohnt habe.

Heute entscheide ich mich für die Seife mit Lemongras. Ich liebe ihren frischen, fruchtigen Duft, der zugleich kühlend wirkt und Stechmücken fernhält, was in diesen warmen Sommertagen sehr nützlich ist. Nach dem Einseifen stelle ich mich in die Wanne, schöpfe klares Wasser aus dem Bottich neben der Wanne und spüle die Seife ab.

Nachdem ich mich abfrottiert habe, kleide ich mich an, steige die Treppe ins Erdgeschoss hinauf und gehe wieder ins Atelier.

Das Atelier sieht nicht nur aus wie ein Gewächshaus, es ist eines. Vor die gartenseitige Rückwand der Villa hat man senkrechte und waagrechte Eisenträger montiert, Glasscheiben eingepasst und auf dem Boden glasierte Ziegelsteine verlegt.

Vom Flur des Hauses gelangt man direkt in das gläserne Atelier und von dort durch die breite Flügeltüre in den Garten. Steht diese offen, habe ich das Gefühl, ich arbeite im Freien. Dann duftet es im

Atelier, als säße ich unter Bäumen oder zwischen Gerbera, Lilien, Nelken und Rosen. Und wenn ich unterm Nussbaum oder inmitten der Blumenrabatte malen will, dann stelle ich meine Feldstaffelei dorthin und genieße die Natur und das Wechselspiel von Licht und Schatten.

*

Die Stimme meiner Frau reißt mich aus meinen Gedanken. Ich bin durstig, mein Mund ist trocken, die Zunge klebt mir am Gaumen.

Sie sieht es und bringt mir sofort eine Tasse Tee und etwas Gebäck.

»Geht's dir gut?«, fragt sie besorgt.

»Doch, doch!«, lächle ich sie an. »Das Bad hat mich erfrischt.«

Sie schnuppert. »Lemongras?«

Ich bestätige es durch Nicken. »Das passt gut zu einem schönen Sommertag.« Ich lenke ihren Blick in den Garten: »Sieh dir nur diese herrliche Blütenpracht an.«

»Jedes Frühjahr erstaunt es mich aufs Neue«, sagt sie, »dass aus kleinen, manchmal winzigen bräunlichen Samen und verschrumpelten Zwiebelchen so vielerlei Pflanzen mit wunderbaren Farben hervorsprießen.«

Das Zimmermädchen unterbricht: »Der Herr Student ist da. Darf er reinkommen?«

»Ich bitte darum.«

Ich nehme die Beine vom Hocker und schlage die Wolldecke zur Seite. Langsam stehe ich auf, während meine Frau das Atelier verlässt.

Und schon begrüßt mich der Student mit einem fröhlichen »Guten Morgen!«

»Sie sind pünktlich. Danke!« Ich reiche ihm die Hand und setze mich vor die Staffelei.

»Ich will, dass das Bild heute fertig wird.« Es klingt bestimmter als von mir beabsichtigt. »Darum machen wir es so: Sie mischen die Farben, wie ich es Ihnen sage, und reichen mir die Pinsel. Für jede Farbe ein anderer Pinsel. Und während ich male, mischen Sie neue Farben an und reinigen die Pinsel, aber bitte draußen im Garten.«

Der Student nickt.

Er hat blondes Haar, glattrasierte, feine Gesichtszüge über einem weißen Hemd und einer schwarzen Halsbinde. Einreihiges, schwarzes Sakko, nur der oberste Knopf geschlossen, wodurch die graue Weste hervorschaut. Weit geschnittene, graue Hosen aus heller Baumwolle.

»Diese bunt gemusterten Westen und karierten Hosen trägt man nicht mehr?«

Der junge Mann schüttelt den Kopf.

»Der erste Student, der mir behilflich war, Jonathan hieß er, der trug so etwas.«

»Das ist gewiss schon einige Jahre her.«

»Stimmt. Und wie heißen Sie?«

»Eugen, Durch ...« Der junge Mann wird rot. »Entschuldigen Sie bitte.«

»Soso, auch Eugen. Freut mich.« Ich lächle ihn an. »Ich mag das adelige Getue nicht. Die Götter der Antike lebten im Himmel, Blau war also die Farbe ihrer Umgebung. Nahmen die Götter Menschengestalt an, dann mussten sie in der Vorstellung der Menschen folglich eine blaue Haut oder blaues Blut haben. Und weil sich die Majestäten früher auf ihre göttliche Abkunft beriefen, maßten sie sich an, ihr Blut sei blau.«

»Auch die Jungfrau Maria wird stets mit einem blauen Mantel gemalt«, ergänzt der Student. Er ist sichtlich stolz, fachlich etwas zur Konversation beizutragen. »Sie hält ihren blauen Mantel – Symbol für den Himmel – schützend über die Gläubigen.«

»Ganz recht, junger Freund. Blau steht für Sympathie, Harmonie und Freundschaft. Blau ist auch die Farbe der Ferne, der Weite und der Unendlichkeit.« Ich muss mich kurz besinnen. »Ach ja, und der Treue.«

Ich lasse mir einen fingerbreiten, flachen Pinsel reichen und Machalit, ein herrlich grünes Kupferpigment, auf meine Palette legen, dazu etwas Ägyptischgrün und ein wenig Weiß.

»Und jetzt bitte die Flasche mit dem gelben Etikett aus dem obersten Fach im Regal.« Ich deute dorthin.

Der Student holt die braune Apothekerflasche mit dem Glasstopfen aus dem Regal.

»Wenn Sie den Stöpsel ziehen, dann riechen Sie sofort, was drin ist.«

»Balsamterpentinöl«, sagt der Student und verzieht das Gesicht.

»Sie kennen es?«

»Das ist Baumharz von Lärchen oder Kiefern, gelöst in reinem Terpentinöl. Man braucht es zum Malen und zum Pinselreinigen.«

»Sehr gut. Also bitte ein wenig in das Schälchen an der Staffelei gießen und mehr davon in das große Glas, das draußen vor der Flügeltüre steht. Wie ich schon sagte: Bitte draußen die Pinsel waschen. Dann riecht es hier drinnen nicht so stark.«

*

Jetzt frisch ans Werk! Der Aufbau des Bildes ist schlicht. Von oben nach unten zwei Drittel Himmel und ein Drittel Wasser. Lindgrünes Gras betont die Horizontlinie, denn von links nach rechts schiebt sich ein Drittel dunkler Nadelwald ins Bild, zum Horizont abfallend. Dann etwa zwei Drittel hellerer Mischwald mit einzelnen Birken, vom Horizont zum rechten Bildrand ansteigend. Und genau da, wo sich die Ausläufer der beiden Wälder treffen, steht die Sonne wie ein glutroter Ball knapp über dem Horizont, umgeben von einem gelben

Schleier. Sie färbt den Himmel rot und gelb und spiegelt sich im Wasser.

»Heute ist Feinarbeit angesagt«, erkläre ich dem jungen Mann. »Jeder einzelne Baum muss sich im Wasser spiegeln, auch das Blutrot der Sonne und ihr ausstrahlendes Gelb.«

In letzter Zeit male ich nicht mehr die Natur ab, sondern interpretiere sie, wie ich sie empfinde. Die Farbe trage ich nicht einfach auf die Leinwand auf, sondern strukturiere sie mit jedem Pinselstrich. So lenke ich den Blick des Betrachters. Besonders bei der Gestaltung der Wolken, der Sonne und der Rinde der Bäume gebe ich die Blickrichtung vor: Da geht's lang! Um die grelle Sonne herum rotiert mein Pinsel in Rot und Geld. Um die Wolken strebt das Himmelblau in alle Richtungen. Die Borke der Bäume moduliere ich und weise so auf die Baumart hin, auch wenn Laub und Krone nicht zu identifizieren sind.

Für mich steht bei aller farblichen Auslegung der Wirklichkeit unerschütterlich fest, dass Form und Farbe zu einem guten Bild gehören. Die Form deutet die Wirklichkeit an, ohne ins Detail zu gehen. Die Farbe weckt Gefühle und Erinnerungen. Der Bildbetrachter sollte immer den Gedanken des Malers folgen und dessen Interpretation des Gemalten verstehen können.

»Das Malen mit Ölfarben ist also ein wohl durchdachter Prozess?«, fragt der Student und mustert mich neugierig.

»So ist es, junger Freund. Mit jedem Bild gestalte ich die Wirklichkeit und banne zugleich seelische Empfindungen auf die Leinwand.«

»Das gelingt Ihnen vortrefflich, wenn ich mir die Bemerkung erlauben darf«, sagt der Student.

»Redet man so über mich?«

»Ja! Sie seien ein Magier der Farben und der sinnlichen Bilder, sagen die Leute.«

Unwillkürlich muss ich lachen. »Eigentlich male ich immer dasselbe: Himmel, Erde, Wasser und Feuer. Dabei entstehen pausenlos neue Deutungen der Natur. Düstere Bilder meide ich. Ich will Hoffnungen und Zuversicht wecken, nicht böse Erinnerungen.«

»Darf ich Sie noch etwas fragen?«

»Nur zu!«

»Wann ist für Sie ein Bild gelungen?«

»Wenn es dem Betrachter gefällt. Wenn er es gern anschaut. Und wenn er begreift, was der Maler ausdrücken will. So wie Gedanken und Reden zusammenhängen, so hängen auch Malen und Denken und Schreiben zusammen.«

»Auf Ihren Bildern kann man mit den Augen so angenehm spazieren gehen.«

»Das haben Sie schön gesagt, junger Freund. Aber eigentlich male ich nur für mich. Malen befreit mich. Beim Malen ordne ich meine Gedanken und Gefühle. Wie ein Schriftsteller in einem Roman. Wer malt oder schreibt, der bleibt und kann nicht mehr in Vergessenheit geraten, weil er etwas sehr Persönliches hinterlässt.«

»Sie haben schon so viele Bilder gemalt, dass man Sie niemals vergessen wird«, sagt der Student voller Bewunderung.

Ich bitte um einen dünneren Pinsel und noch etwas Malachit. Und während mir der Student das Gewünschte reicht, wähne ich mich gedanklich wieder in jenem Café hoch über den Klippen am Schwarzen Meer und schaue hinaus auf die aufgewühlte See.

*

Der Student deutet mit einem Pinsel auf eine Spiegelung im Wasser: »Ist das Grün an dieser Stelle nicht zu dunkel?«

Ich zucke zusammen. »Sie haben recht. Viel zu dunkel. Ich war in Gedanken ganz weit weg und nicht bei der Sache. So düster stehen nur die Zypressen im Abendlicht.«

Ich bessere die Stelle aus, lehne mich zurück und kneife ein Auge zu. »Jetzt ist es gut.«

Der junge Mann nickt, und ich lobe ihn: »Sie haben schon ein recht feines Farbgefühl, Eugen. Malen Sie auch?«

»Wir dürfen noch nicht malen.«

»Wer sagt das?«

»Die Kunstschule.«

»Warum?«

»Wir sollen erst das Zeichnen mit Bleistift, Kreide, Kohle, Feder und Pinsel üben.«

»Sagt wer?«

»Mein Professor an der Kunstschule.«

»Und was müssen Sie zeichnen?«

»Zuerst haben wir uns mit den Proportionen beschäftigt. Jetzt sind die verschiedenen Formen in der Natur dran: Äpfel, Eier, Zitronen, Kartoffeln, Zwiebeln, Pfirsiche, Blätter, Blumen und Bäume. Und verschiedene Oberflächen, das Fell einer Katze zum Beispiel oder ein Seidentuch oder ein Stück Eichenrinde.«

»Mal ehrlich, Eugen, Sie malen bestimmt ab und zu trotzdem ein Bild?«

Der junge Mann errötet. »Der Herr Professor hat es uns verboten, weil wir erst das Zeichnen beherrschen müssen. Aber zuhause kann ich ja machen, was ich will.«

»Und was machen Sie zuhause?«

»Ich male Landschaften, aber bitte verraten Sie mich nicht«, sagt der Student. Und leise fügt er hinzu: »Mit Temperafarben. Ölfarben kann ich mir nicht leisten.«

Ich muss lachen.

»Warum lachen Sie?« Der junge Mann ist irritiert.

»Keine Sorge, Eugen, ich lache nicht über Sie. Und ich verrate Sie auch nicht. Mir ist nur eingefallen, wer die Kunstschule derzeit leitet.«

»Was ist mit ihm?«

»Seit Jahren beschäftigt er sich nur noch mit dem klassischen Altertum. Der kann gar nicht malen, außer ...«, ich kratze mich verlegen am Hinterkopf, »ja, vielleicht kann er Ruinen aus dem Altertum abzeichnen. Das befähigt ihn in den Augen unserer Regierung, die hiesige Kunstschule zu leiten. Nebenher ist er auch noch Inspektor der vaterländischen Altertumsdenkmäler.«

Der Student sieht mich entsetzt an.

»Wussten Sie das nicht?«

Der Student schüttelt den Kopf.

»Wie soll ein solcher Mann angehenden Künstlern die Malerei beibringen? Können Sie mir das erklären?«

»Uns hat er gesagt, die Denkmäler aus der Antike seien geschmacksbildend für die ganze Welt. Daran sollen wir uns ein Beispiel nehmen und nicht an der gegenwärtigen Malerei.«

»Und so sieht auch die Kunstwelt hier in Stuttgart derzeit aus, weil sich schändliche Hausierer zu Kunstexperten aufschwingen!«

Der Student lacht.

Das ermuntert mich, noch eins draufzusetzen: »Mangels jeglicher Kenntnisse wenden sich viele Nichtskönner der Kunstkritik zu. Während man als Musikkritiker wenigstens in der Lage sein muss, Noten lesen zu können, braucht man für die Besprechung von Gemälden offensichtlich keinerlei

33

Kenntnisse. Und so kommt es, wie's kommen muss: Alles, was irgendein Mächtiger von sich gibt und in seinem Schatten ein paar Journalisten nachplappern, wird zur besten Kunst aller Zeiten hochstilisiert. Pfui Teufel!«

*

Das Zimmermädchen trägt Tee und ein paar belegte Brote herein.

»Machen wir eine Pause!« Ich stehe langsam auf. »Sie essen das alles allein auf«, befehle ich dem jungen Mann, »denn ich will mich für ein halbes Stündchen unter meinen geliebten Nussbaum setzen und vor mich hinträumen.«

Meine Frau eilt herbei und hilft mir, mich draußen in eine Decke zu hüllen.

Ich fühle mich heute prächtig. Eigentlich neige ich zum Optimismus, was sich vor allem darin zeigt, dass ich – trotz meines Alters – große Hoffnungen in die Zukunft setze. Ich bin felsenfest überzeugt, dass die Welt mir noch einiges zu bieten hat.

Ich darf von mir behaupten, dass ich nicht nur optimistisch bin, sondern auch für alle Anliegen offen. Leider jedoch ist Diplomatie nicht immer meine Stärke. Nicht, dass ich Freunde und Bekannte bewusst vor den Kopf stoße, aber wenn mich jemand um meine Meinung bittet, dann sage ich ehrlich, was ich denke, ohne zu lügen. Ja, nicht einmal zu einer Notlüge bin ich fähig. Das ist nicht immer so gewesen, aber im Laufe der Jahre wurde *Ehrlich währt am längsten* mein Lebensmotto.

Ich fühle mich als Christ und spreche jeden Morgen und jeden Abend ein Gebet. Dennoch hege ich eine starke Abneigung gegen alle Frömmelei, zumal die durch Altarkerzen verstärkte Finsternis viele Zeitgenossen daran hindert, die Not der einfachen Menschen zu erkennen. Ich bin überzeugt, dass man kein besserer Mensch wird, wenn man regelmäßig in die Kirche geht. Meiner Ansicht nach ist man nur dann ein guter Mensch, wenn man seine Mitmenschen anständig und die gesamte Schöpfung rücksichtsvoll behandelt. Deshalb bin ich gern mit Menschen zusammen.

Inzwischen dämmert es, und ich habe mich wieder vor die Staffelei gesetzt.

»Sehen Sie sich die Sonne an, junger Mann.«

Der Student sieht durch die Tür zum Himmel auf.

»Nicht draußen! Hier auf dem Bild, meine ich. Da ist ein roter Punkt. Aber der hat genug Kraft, den Himmel und das Wasser blutrot zu färben.«

Der Student gießt etwas Balsamterpentinöl in das Schälchen an der Staffelei.

»Sehr aufmerksam«, bedanke ich mich.

Der junge Mann bedient schweigend. Ohne Anweisungen abzuwarten, tut er von sich aus genau das Richtige, denn er beobachtet konzentriert, was auf der Leinwand vor sich geht.

Die Pause hat mir gutgetan. Ich habe Kraft gesammelt, das Werk zu Ende zu bringen. Und so arbeiten wir, bis die Sonne untergeht. Ich setze Pinselstrich neben Pinselstrich, lehne mich immer wieder zurück, prüfe mit zugekniffenem Auge Farbe und Proportion.

»Fertig!«

Ich stehe auf und reiche dem Studenten die Hand. »Ich danke Ihnen. Ohne Sie hätte ich dieses Werk nicht so schnell und so gut vollenden können.«

Meine Frau kommt zur Tür herein und umarmt mich. »Ich bin stolz auf dich, Eugen.« Und zu dem jungen Mann sagt sie: »Es ist angerichtet. Selbstverständlich sind Sie unser Gast.«

Während wir uns am Waschbecken die Hände waschen, betritt Alexej Kuznetsow den Raum.

»Ist's erlaubt?« Ohne eine Antwort abzuwarten, stellt er sich vor die Staffelei und betrachtet mein neuestes Werk.

»Gefällt es dir, Alex?«

»Ein Meisterwerk, mein Lieber. Die Sonne waagrecht und senkrecht im Goldenen Schnitt. Und es bleibt unentschieden, ob das ein Sonnenuntergang oder ein Sonnenaufgang ist.«

»Gut beobachtet. Ich will es dem Betrachter überlassen, ob er eine Abend- oder Morgenstimmung hineininterpretiert.«

»Gewiss eine Auftragsarbeit. Verrätst du mir, wer sie bestellt hat?«

»Ich habe mich selbst beauftragt, wie so oft in letzter Zeit. Es ist unverkäuflich, ich behalte es!«

Ich nehme ihn am Arm: »Komm jetzt! Wir wollen zu Abend essen.«

»Dann stärke dich, mein Freund«, sagt Alex verschmitzt, während wir uns an den gedeckten Tisch setzen, »denn in den allernächsten Tagen gehen wir auf große Fahrt.«

Mir verschlägt es die Sprache. Ungläubig schaue ich in die Runde, sehe meine Frau lächeln, sehe Alex grinsen und begreife.

»Prost!« Ich erhebe mein Glas und wünsche guten Appetit.

Bruchsal, Juli 1872

Wir kämpfen uns im Stuttgarter Bahnhof gegen den Menschenstrom zu unserem Bahnsteig, zwei Gepäckträger voraus, dann Alex und ich. Es wimmelt von Männern und Frauen, viele mit Koffern beladen, mit Taschen behängt. Verkniffene Gesichter, rasche Schritte, wütende Worte. In dem Gewühl werden Leute angerempelt, niemand entschuldigt sich.

Auch auf dem Bahnsteig schubsen und drängeln viele Reisende, sie hetzen und stoßen, sie quellen aus dem Zug, in den wir einsteigen wollen. Mit stoischem Gleichmut bahnen sich unsere Gepäckträger eine Gasse durch die Menge, hieven unsere Koffer ins gebuchte Abteil und werden reichlich entlohnt. Mit gezogenen Dienstmützen klettern sie wieder aus dem Zug.

Aufatmend lehnen wir uns zurück. Geschafft! Endlich kann die große Reise beginnen.

Wir sitzen im grünen Waggon, dem Abteil der zweiten Klasse mit Mittelgang und Plattformausstieg vorn und hinten, mit gepolsterten Bänken, Gasbeleuchtung und Abort, während der gewöhnliche Fahrgast einen Zughalt abwarten muss, wenn er ein dringendes Bedürfnis verspürt.

»Ich danke dir, Alex. Meine Frau hat mir erst

gestern Abend verraten, dass du mit unserer Reise allerhand Scherereien hattest.«

»Wir wussten, dass du dein Bild zu Ende bringen wolltest. Darum haben wir dich in Ruhe gelassen.«

»Du hast als russischer Trainoffizier halb Europa bereist und als württembergischer Kavallerist viele Transporte organisiert, wie kann dich eine einfache Zugreise noch vor Probleme stellen?«

Alex schüttelt den Kopf. Bis vor wenigen Jahren sei so gut wie niemand verreist, höchstens mal zu Fuß in den Nachbarort oder per Bahn oder Kutsche in die Oberamtsstadt. Doch seit kurzem habe das Volk die Reiselust gepackt, ausgelöst von der deutschen Eisenbahn. Für Kurzreisen sei sie wirklich gut. Aber für Fernreisen eigne sie sich noch lange nicht.

»Versteh ich nicht.«

»Die deutsche Eisenbahn gehört rund achtzig staatlichen und privaten Unternehmen. Jedes hat seinen eigenen Fahrplan und wurstelt vor sich hin. Bis hin zu unterschiedlichen Spurweiten der Gleise gibt es in Deutschland so gut wie alles, was sich Fachleute ausdenken. Nicht einmal auf eine einheitliche Ortszeit hat man sich bisher verständigen können.«

»Wirkt sich das auf unsere Reise aus?«

Alex hebt, etwas genervt, die Augenbrauen. »Du hast wirklich keine Ahnung! Achtzig Unternehmen heißt: achtzig verschiedene Fahrpläne! Krieg das mal auf die Reihe, wenn du von Stuttgart an die Ostsee willst! Ich sag dir: ein einziges Durcheinander!«

»Aber du hast den Durchblick, mein lieber Alex, sonst säßen wir nicht in diesem Zug.«

»Spotte nur! Achtzig verschiedene Fahrpläne, und jeder nach der Uhrzeit gestrickt, die am Sitz des Unternehmens gilt. Um zwölf Uhr steht die Sonne am höchsten, und mit ihr wandert die Mittagsstunde von Ost nach West. Doch die meisten Leute haben keine Uhr. Also läuten die Kirchenglocken um zwölf, in Stuttgart allerdings fünfzehn Minuten früher als in Düsseldorf.«

Ich sehe meinen Freund belustigt an.

Alex wirft die Arme in die Luft und sieht mich genervt an: »Und nach welcher Ortszeit sollen sich die Fernzüge richten?«

»Ich weiß es nicht!«

»Erfreulicherweise hat man sich neulich auf fünf Zeitzonen verständigt. Sonst hätten wir diese Reise gar nicht machen können.«

»Sind die Preußen die Quertreiber?«

»Nein, nein, gerade die Preußen wollen ein einheitliches Schienennetz für ganz Deutschland, mit einer einheitlichen Fahrplanzeit und einer einheitlichen Spurweite der Gleise. Zum Glück ist der größte Teil Deutschlands inzwischen preußisch. Ab Frankfurt am Main, das mittlerweile auch zu Preußen gehört, fahren die Züge nach der Berliner Zeit. Aber die Staatsbahnen in Bayern, Württemberg und Baden weigern sich, die Berliner Zeit und die preußische Spurweite anzuerkennen. Und weil das Königreich Bayern in zwei Landesteilen getrennt ist, gelten in Bayern sogar zwei Zeiten, im Kernland die Münchner Zeit und in der Bayerischen Pfalz die Ludwigshafener Zeit.«

»Und auf welcher Route fahren wir?«

»Wie ich schon sagte: ab Frankfurt auf der Route, für die eine einheitliche Spurweite und die Berliner Zeit gilt.«

»Und bis Frankfurt?«

»Wursteln wir uns durch und nehmen die Verbindung, auf der uns die unterschiedlichen Ortszeiten am wenigsten behindern.«

Ich spende meinem Freund ein dankbares Lächeln. »Jetzt verrat mir endlich, lieber Alex, welche Städte wir zu sehen bekommen!«

»Wir fahren von Stuttgart über Ludwigsburg ins württembergische Mühlacker. Und von dort ins Badische hinein. Über Bretten, Bruchsal nach Heidelberg. Dann ins hessische Darmstadt. Von dort ins preußische Frankfurt. Weiter ins hessische Kassel, dann ins preußische Göttingen und Hannover. Danach durch das Kurfürstentum Braunschweig-Lüneburg, bis wir schließlich in ein paar Tagen – so die deutsche Eisenbahn will – in Hamburg ankommen.«

Alex holt tief Luft. »Zufrieden?«

»Alles bestens.«

»Nicht ganz. Wir haben leider kein Billet bis Hamburg. Gibt's nicht, hat mir der Bahnbeamte in Stuttgart gesagt und gelacht.«

»Kein gültiger Fahrschein?« Ich muss wohl Alex verdutzt angeschaut haben.

Alex beschwichtigt sofort. »Doch, doch, aber nur bis Bruchsal. Dort übernachten wir und kaufen den nächsten Fahrschein.«

»Bruchsal? Warum ausgerechnet Bruchsal?«

»Nach dem Eisenbahnvertrag zwischen Baden und Württemberg betreibt Württemberg die Bahn bis Bruchsal. Dort endet die württembergische Spurweite. Darum haben wir in Bruchsal einen längeren Halt, weil dann die badische Zeit gilt und wir auf einen Zug mit badischer Spurweite warten müssen. Also habe ich mir gedacht, wir übernachten in Bruchsal und gönnen uns einen gemütlichen Abend. Und wenn Zeit bleibt, besuchen wir Major Freiherr von Reck, der mittlerweile in Bruchsal wohnt. Du kennst ihn ja.«

»Bei festlichen Ereignissen am Stuttgarter Hof war der Freiherr im Auftrag der badischen Gesandtschaft oft dabei. Ein lustiger Vogel.«

Alex lacht. »Ja, ja, der Herr Major … .«

Ich kann ein Grinsen nicht unterdrücken: »Sag mal, wie hast du eigentlich die Reise ohne mich planen können?«

»Deine Frau hat mir geholfen.«

»Wie?«

»Sie hat still und heimlich deine Wäsche gerichtet, deinen Koffer gepackt und die Kaullas von der Hofbank um Hilfe gebeten. Was das Reisen betrifft, kennt man sich in der Hofbank besser aus als bei der württembergischen Eisenbahn. Die Kaullas pflegen nämlich gute Kontakte mit vielen deutschen und europäischen Banken und Städten. Man hat mir geraten, Wechsel mitzunehmen, auch Vereinstaler, die in ganz Deutschland gültig sind, und preußisches Geld, das man von Frankfurt bis Hamburg und an der Ost- und Nordsee akzeptiert.«

Ich staune: »So viel Geld schleppst du mit dir herum?«

Er winkt ab. »Nur einen Bruchteil. Ich habe eine Liste der Partnerbanken der Kaullas. Die sind informiert und helfen uns, wenn wir Geld brauchen oder in irgendwelchen Schwierigkeiten stecken.«

Ich räkle und strecke mich, schlage zufrieden die Beine übereinander. »Ich danke dir, mein Freund. Ohne dich würde ich mir diese Reise nicht mehr zumuten.«

»Und ich hätte ohne dich keine große Lust, ein solches Abenteuer einzugehen.«

»Wir lassen uns viel Zeit, lieber Alex, weil uns niemand im Nacken sitzt. Wo es uns gefällt, da bleiben wir, einen Tag mindestens, vielleicht auch zwei oder drei. Und wenn wir genug gesehen haben, dann fahren wir wieder heim.«

»So machen wir's«, bekräftigt Alex. »Jetzt wär's schön, wenn wir einen Kellner rufen und etwas zu trinken bestellen könnten.«

Ich kann mir das Lachen nicht verkneifen. »Fehlt bloß noch, dass wir den Zug gar nicht mehr verlassen müssen, weil man uns am Abend hier drin ein Nachtlager herrichtet.«

»Wäre zwar schön, aber wir würden dann nicht viel von Deutschland sehen.«

»Wie geht's nach Hamburg weiter?«

»Ich dachte mir, wir machen einen Abstecher nach Cuxhaven an die Nordsee und fahren anschließend an die Ostsee, wo wir einige Tage am Strand verbringen, bevor wir Wismar und Rostock besuchen. Von dort sollten wir auf dem schnellsten Weg heimfahren, weil es dann schon Ende August sein dürfte.«

Der Zug dampft gerade über den neu errichteten Viadukt, der die Enz überquert. Wir sehen aus dem Fenster und genießen den Blick über die alte Winzer- und Handelsstadt Bietigheim und das Enz- und Mettertal.

»Und wenn etwas Spannendes lockt, lieber Alex, dann weichen wir von deinem Plan ab.«

Als junger Lithograf in Heilbronn habe ich von einer großen Reise durch Deutschland geträumt. Jetzt, über fünfzig Jahre später, inzwischen ein alter Mann, geht mein Wunsch in Erfüllung.

Ich kann einen Seufzer nicht unterdrücken, weshalb Alex besorgt fragt: »Was ist?«

»Ich war noch nie so weit droben im Norden. Und du?«

»Ich auch nicht. Wollen wir hoffen, dass wir keinen Eisbären begegnen.«

»Ich habe irgendwo gelesen, dort sollen Eskimos leben, die Eisbären und Walrösser jagen.«

Alex lacht. »Wir werden viel Spaß auf unserer Reise haben.

*

Der Zug dampft auf Gleis 2 in den Bahnhof von Bruchsal. Als wir aussteigen wollen, ist uns ein Page behilflich, auf dessen blauer Mütze *Hotel am Bahnhof* steht.

»Suchen Sie ein gutes Hotel, meine Herren?« Der junge Mann hat schon den wissenden Blick für potentielle Kunden.

»In der Tat«, antwortet Alex. »Wenn das Hotel uns zwei schöne Zimmer und ein ordentliches Abendessen bietet.«

Der Page lacht. »Da sind Sie bei uns genau richtig, meine Herren.« Er zeigt auf ein vornehmes Gebäude auf der anderen Straßenseite. »Um Ihr Gepäck kümmern wir uns.« Er steckt zwei Finger in den Mund, pfeift dreimal und winkt dem Uniformierten vor dem Hoteleingang. Der eilt herbei und nimmt sich der Koffer an.

Wir folgen dem Pagen ins Hotel.

»Willkommen, meine Herren«, sagt der Portier näselnd. »Sie wünschen?«

»Ein Zimmer für eine Nacht!« Alex sagt es sehr bestimmt.

»Für eine Person oder für zwei?«

»Ich pflege allein zu schlafen.«

»Darf ich um Ihre Personalien bitten, mein Herr?« Der Portier schlägt das Gästebuch auf. »Name?«

»Kuznetsow.«

»Kussnetso? Doch wohl mit Doppel-s«, sagt der Portier, ohne aufzublicken.

»Mit z am Ende der ersten Silbe und -ow ganz am Schluss«, korrigiert Alex.

»Das ist ungewöhnlich«, bemerkt der Portier und zieht die Augenbrauen hoch.

»Ungewöhnlich? Das ist einzigartig!« Alex lächelt nachsichtig.

»Vorname?«

»Alexander.«

»Beruf?«

»Offizier im Ruhestand.«

Der Portier nimmt Haltung an. Hoppla! Man sieht ihm an, was er denkt: Dieser Gast muss etwas Besseres sein!

Sein Ton wird verbindlich und zugleich unterwürfig: »Darf ich einen Blick in Ihren Pass werfen.«

Alex legt sein Reisedokument auf die Glasplatte des Rezeptionstisches. Der Portier liest und wird bleich: »Seien Sie aufs Herzlichste willkommen, Oberstleutnant von Kuznetsow.«

Alex grinst in sich hinein. Aufgrund seines militärischen Rangs bei der württembergischen Kavallerie ist er kurz vor seiner Pensionierung persönlich geadelt worden.

»Page!«, ruft der Portier, woraufhin der Junge, der in einiger Entfernung auf neue Order wartet, herbeiflitzt und sich verneigt.

»Geleite den Herrn Oberstleutnant von Kuznetsow auf sein Zimmer!«

»Welches bitte, Herr Portier?«

»Unser bestes, du Esel! Zweiter Stock, Zimmer 30.«

»Ts, ts, ts! Die jungen Leute!« Der Empfangschef klopft empört mit seinem Bleistift auf die Glasplatte und verbeugt sich entschuldigend zum Gast hin.

Der Page geht voraus, Alex folgt, und der Uniformierte schnappt sich den Koffer und schlurft hinterdrein.

Der Portier schaut den Dreien lange nach, dann wendet er sich an mich: »Sind Sie auch Offizier aus Württemberg?«

Ich habe das Geschehen mit Vergnügen beobachtet. »Nein, aus Russland«, sage ich leichthin. In allerletzter Sekunde habe ich entschieden, dem Empfangschef einen unvergesslichen Abend zu bereiten. Ich lege meinen russischen Pass auf den Tisch, grinse kurz den Portier an und ziehe dann auch noch meinen württembergischen Pass aus der Tasche, gerade so, als wollte ich mein Trumpf-As ausspielen.

»Zwei Pässe?« Der Portier stiert mich entsetzt an, als hätte ich zwei Köpfe und vier Arme.

»Ich bin Russe und Württemberger. Wo ist das Problem?«

Der Portier schlägt die beiden Dokumente auf, liest, liest wieder, liest zum dritten Mal und rauft sich die Haare.

»Sie sind Fürst Ewgenij Aleksej Samarow?«

»Wenn's da steht, dann wird's wohl so sein.«

»Verzeihen Sie, Durchlaucht, aber im württembergischen Pass steht Eugen Maron. Sie werden doch wohl zugeben, dass das kein normaler Mensch begreifen kann.«

»Meinen Sie vielleicht, ich sei nicht normal?« Mir beginnt die Unterhaltung Spaß zu machen.

»Ich bitte untertänigst um Vergebung. Ich wollte Sie nicht beleidigen. Aber das geht doch wohl nicht mit rechten Dingen ...«

Ich kann mir ein ironisches Lächeln nicht verkneifen. »Ich bin Fürst Samarow, lebe aber seit vielen Jahren in Stuttgart unter meinem Künstlernamen.«

Der Portier schlägt die Hände vors Gesicht. Er schüttelt unentwegt den Kopf. »Ein Fürst mit Künstlernamen. Gibt's das überhaupt?«, murmelt er. Und etwas lauter und reichlich unwirsch fragt er: »Und was gilt jetzt?«

»Beides.«

Der Portier trommelt mit seinem Bleistift auf die Glasplatte und kann keinen klaren Gedanken fassen. Man sieht ihm an der Nasenspitze an, dass er sich in der Zwickmühle wähnt: Ist's tatsächlich ein Fürst, dann gebührt ihm das beste Zimmer. Ist's ein Hochstapler, dann zahlt er morgen womöglich die Rechnung nicht. »Was mach ich bloß, was mach ich bloß?«, nuschelt er vor sich hin.

»Kann ich Ihnen behilflich sein?«, frage ich spitzbübisch.

»Unser schönstes Zimmer ist leider belegt.«

»Macht nichts. Dann geben Sie mir halt ein anderes.«

Der Portier atmet hörbar ein. Jetzt ist er sich sicher. Das ist ein Gauner! Denn welcher Fürst begibt sich kampflos in sein Schicksal und ist mit einem einfachen Zimmer zufrieden?

»Ich gehe davon aus,«, belustige ich mich, »dass Sie mich nicht in der Wäschekammer auf einem durchgelegenen Strohsack einquartieren wollen, in den schon hundert Fuhrleute gefurzt haben.«

»Gott bewahre.« Der Portier ist sichtlich verschnupft. »Und welchen Namen soll ich nun ins Gästebuch eintragen?«

»Schreiben Sie Eugen Maron hinein«, sage ich und nehme dem Portier den russischen Pass aus der Hand. »Also welches Zimmer?«

»Erster Stock, Zimmer 13.«

»Lassen Sie mein Gepäck aufs Zimmer bringen«, sage ich und wende mich zur Treppe.

Als ich zurückblicke, sehe ich, wie der Portier mir mit zusammengekniffenen Augen nachschaut, als fasse er einen Entschluss.

In meinem Zimmer angekommen, gieße ich Wasser aus einem Krug in die Waschschüssel, wasche Hände und Gesicht, warte, bis das Gepäck gebracht wird, und lege mich dann angekleidet aufs Bett. Ich bin müde und will einen Moment ausruhen.

*

Es klopft. Ich muss wohl eingenickt sein.

»Herein!«

»Die Tür ist abgeschlossen«, sagt eine Stimme.

»Einen Augenblick.« Ich gehe zur Tür, schließe sie auf und öffne.

Draußen stehen der Portier und zwei Polizisten, die mich zur Seite drängen und das Zimmer betreten.

»Was soll das?« Ich bin reichlich ungehalten.

»Sie reisen mit zwei Pässen?«, schnarrt der jüngere der beiden Polizisten.

»Natürlich. Ich bin russischer und württembergischer Staatsbürger.«

»Gibt's nicht«, erklärt der ältere Polizist. »Sie kommen mit auf die Wache.«

»Und wenn ich mich weigere?«

Der ältere Polizist greift in seine Gürteltasche und legt mir Handschellen an.

Ich bin so baff, dass mir nicht einfällt, wie ich mich wehren könnte, außer: »Ich protestiere gegen diese Willkür! Die haben Sie wohl von den Preußen abgeschaut.«

Hilft alles nichts. Ich muss mich fügen.

Die Prozession verlässt das Zimmer. Der Portier bildet die Nachhut und beklagt den Zwischenfall als Schande seines Hauses.

Bevor man mich aus dem Hotel führt, zische ich den Portier an: »Sagen Sie umgehend Oberstleutnant von Kuznetsow Bescheid! Ansonsten werden Sie morgen etwas erleben!«

Auf der Polizeiwache angelangt, die gleich neben dem Hotel ist, durchsucht man mich und nimmt mir den russischen Pass ab.

Wenig später stürmt Alex in die Polizeiwache. Er knallt seinen Pass auf den Tisch, baut sich vor den verdatterten Polizisten auf und donnert los: »Ich bin Alexander von Kuznetsow, württembergischer Oberstleutnant! Nehmen Sie Fürst Samarow sofort die Handschellen ab!«

Der ältere Polizist legt seine Hand auf Alex' Brust. Er will ihn aus der Wache hinausdrängen.

»Finger weg von meinem Anzug!«, brüllt Alex. »Ich zähle bis drei! Wenn Fürst Samarow dann immer noch in Handschellen ist, werdet Ihr einen Budenzauber erleben, den Ihr Euer ganzes Leben nicht mehr vergessen werdet.« Er holt tief Luft: »Eins! ... Zwei! ... Drei!«

Die beiden Polizisten glotzen ihn an, ohne sich zu rühren. Daraufhin schnappt Alex seinen Pass und stürmt aus der Wache.

Mit offenem Mund verfolge ich das Geschehen, grinse die beiden Polizisten an: »Sie haben eine große Chance vertan, meine Herren, mit Anstand aus dieser Affäre herauszukommen!«

Mehr sage ich nicht, auch als man mich in die Arrestzelle sperrt. Ich weiß, Freund Alex wird mich aus diesem Schlamassel heraushauen.

Etwa eine halbe Stunde später wird die Tür der Wache aufgerissen. Herein stürmt ein badischer Major in Uniform, gefolgt vom grinsenden Alex.

»Wo ist Fürst Samarow?«, schnauzt der Uniformierte die Polizisten an.

Beide stehen stramm, salutieren und deuten stumm mit dem Kopf auf die Arrestzelle.

Der Major blinzelt durch die Gitterstäbe, erkennt mich und grüßt militärisch: »Major Freiherr von Reck! Ich bedaure, Durchlaucht, dass Ihnen diese zwei Hornochsen so übel mitgespielt haben.«

Er macht kehrt und erteilt den Befehl: »Sofort aufsperren und seiner Durchlaucht die Handschellen abnehmen, Ihr Trottel!«

Wie geprügelte Hunde rennen die beiden Polizisten auf die Arrestzelle zu, schließen sie auf und verneigen sich, als ich heraustrete. Der ältere nimmt mir die Handschellen ab und bittet um Nachsicht.

»Bedauere, Durchlaucht, dass wir uns unter diesen Umständen wiedersehen«, sagt der Major und lächelt verbindlich. »Ich freue mich, Sie so putzmunter zu sehen.«

Sein Gesicht verdüstert sich wieder. Er bellt die Polizisten an: »Ihr Rindviecher! Morgen sprechen wir uns!«

Der ältere Polizist überreicht mir mit einer tiefen Verbeugung den russischen Pass. Dann geleitet der Major uns ins Hotel zurück, wo der Eigentümer und Betreiber des Hotels vor der Rezeption steht und die Hände vors Gesicht schlägt, als er die Prozession kommen sieht.

»Ich bitte die Herren tausendfach um Entschuldigung«, stammelt er. »Darf ich fragen, wer von Ihnen Seine Durchlaucht Fürst Samarow ist?«

Der Major deutet auf mich, doch ich komme dem Hotelier zuvor, indem ich mit meinem charmantesten Lächeln sage: »Das halbe Leben besteht aus Fehlern, Irrtümern und Missverständnissen. Also Schwamm drüber.«

Der Hotelier staunt mich mit offenem Mund an. Deshalb ergreift der Major die Initiative und schlägt ein versöhnendes Abendessen vor, selbstverständlich auf Kosten des Hotels.

»Selbstverständlich«, berappelt sich der Hotelier. »Wenn Sie mir bitte ins Speisezimmer folgen wollen.«

Paris, Juli 1872

Wir sitzen wieder im Zug. Der Hotelier hat uns bis ins Abteil begleitet und sich nochmals für den peinlichen Vorfall entschuldigt.

»Wenn das so weitergeht, dann kommen wir mit vollem Geldbeutel heim«, sage ich lachend, als der Zug aus dem Bahnhof von Bruchsal dampft.

»Dass wir für die zwei Übernachtungen samt Verköstigung nichts bezahlen mussten, ist hochanständig, aber doch wohl angemessen«, meint Alex. »Denn immerhin hat der Hotelier der hiesigen Zeitung verraten, dass wir hier waren. Er macht mit uns Werbung für sein Hotel.«

»Und wo werden wir heute Abend schlafen?«

»In Paris, wie du es gewünscht hast. Der Hotelier will dafür sorgen, dass wir an der Embarcardère de Strasbourg, dem Pariser Ostbahnhof, abgeholt werden, und man uns in ein gutes Hotel bringt. Gestern Morgen hat er depeschiert.«

Ich lehne mich zurück und schließe die Augen. Ich bin immer noch müde, haben wir doch vorgestern bis gegen zwei, halb drei Uhr in der Nacht zusammengesessen: der Hotelier, Major Freiherr von Reck, Alex und ich.

Irgendwie sind wir gegen Mitternacht auf die

moderne Fotographie zu sprechen gekommen. Der Hotelier, selbst ein begeisterter Fotograf, hat seine Kamera geholt und seinen staunenden Zechgenossen erklärt, er wolle sich demnächst eine Kamera für Rundgemälde kaufen. Damit könne man Panoramabilder von Gebirgsgegenden, Städten und Küstenlandschaften machen.

»Wozu der ganze Zinnober?«, hat der Major gefeixt.

Erst neulich, der Hotelier lässt sich nicht aus der Ruhe bringen, habe ein Bergsteiger ein paar Rundumbilder vom Himalaya gemacht und den höchsten Berg der Welt, den Mount Everest, fotografiert. In Paris hätten die Brüder Bisson in der Rue Saint German ein Fotoatelier, wo die bekanntesten Pariser Fotografen und Maler ein- und ausgingen und sich Anregungen für neue Fototechniken und moderne Malweisen holten. Vor allem zeigten die Bissons, wie man den Lichteinfall beherrschen kann, der jedes Bild, gleichgültig ob Foto oder Gemälde, lebendig wirken lässt.

Wenn ich mich noch richtig erinnere, habe ich auf Französisch gesagt, das würde ich auch sehen wollen: »Auf nach Paris! Nord- und Ostsee können warten!« Die fremde Sprache habe mir die Comtesse de Châtillon beigebracht, also sei ich für einen Ausflug nach Paris perfekt gerüstet.

Zu der Zeit hatten wir längst zu tief ins Glas geguckt.

Alex widersprach heftig, doch ich blieb stur, zumal der Hotelier versprach, er werde am nächsten Morgen alles für die Fahrt nach Frankreich vorbereiten, auch die Fahrkarten besorgen.

Doch anderntags wachte ich mit einem dicken Kopf auf. Geschlafen hatte ich kaum. Statt Frühstück gab es nur zwei Schmerztabletten. Ich musste im Bett bleiben und die Abreise auf den nächsten Tag verschieben. Auch das Mittagessen musste entfallen. Dafür verschrieb mir der herbeigerufene Arzt säurebindende Heilerde sowie schlaffördernde Baldriantropfen und Melissen- und Hopfentee. Das Hotel besorgte alles.

Wohin auch immer wir reisen, vor dem Schlafengehen werde ich künftig ein oder zwei Tassen Tee trinken und auf Wein, Bier und Schnaps verzichten.

Zum Abendessen ging's mir besser. Man servierte mir eine Hühnersuppe, etwas gekochtes Rindfleisch mit Salzkartoffeln und gegartes Gemüse, dazu einen Kamillentee.

*

Der russische Botschafter Fürst Nikolai Alexejewitsch Orlow höchstpersönlich holt uns am Pariser Ostbahnhof ab. Er trägt eine schwarze Klappe über dem linken Auge. Der große Schnauzbart gibt seinem Gesicht einen verwegenen Ausdruck. Und aus dem linken Jackenärmel, der schlaff herabbaumelt, hängt eine künstliche Hand heraus.

Es sei ihm eine große Freude und Ehre, sagt der schlanke Fünfzigjährige und mustert mich, so berühmte Landsleute in seine Residenz einladen zu dürfen. Mit der Droschke bringt er uns ins Quartier Saint-Germain-des-Prés, wo die imposante russische Botschaft in der Rue de Grenelle liegt.

Auf der Kutschfahrt erzählt Orlow, er sei als russischer Offizier vor achtzehn Jahren im Krimkrieg bei der Belagerung der Festung Silistra schwer verwundet worden und habe deshalb mit Hilfe seiner Majestät des Zaren in den diplomatischen Dienst gewechselt. Zehn Jahre lang habe er als höchster Repräsentant seines Landes in Brüssel gedient, dann zwei Jahre in Wien. Erst seit Jahresbeginn lebe er in Paris.

In der Botschaft begrüßt uns Orlows Frau, die dreißigjährige Fürstin Trubetzkaja, und lädt uns zum Abendessen ein. Sie erwarte allerdings weiteren Besuch, den Unternehmer Léon Monet, der sich intensiv mit künstlichen Textilfarben beschäftige. Mit Anilin- oder Teerfarben habe er ein großes Vermögen angehäuft, das er zum Teil in zeitgenössischen Gemälden der Freiluftmaler anlege. Seine Kunstsammlung umfasse Werke seines jüngeren Bruders Claude Monet, der sich schon einen Namen gemacht habe, und dessen Mitstreiter Pissarro, Renoir, Sisley und anderen. Einige seiner Bilder habe Monet für die neue Gemäldeausstellung in der städtischen Kunstsammlung ausgeliehen. Morgen Abend finde die Vernissage statt.

»Ich hoffe, die Herren sehen es mir nach, dass wir nicht unter uns sein werden«, sagt die Botschafterin. »Wie ich höre, sind Sie, verehrter Fürst Samarow, selbst Maler. In Odessa spricht man noch heute mit Hochachtung von Ihnen, und in Künstlerkreisen sind Sie ein bekannter Mann. Sie werden sich bestimmt gut mit Monsieur Monet unterhalten.«

»Machen Sie sich bitte keine Sorgen, gnädige Frau«, erwidere ich lachend, »zwei so alte Knacker wie Alex und ich sind begierig darauf, Land und Leute kennenzulernen.«

Der Botschafter zeigt uns die Zimmer und weist das Hauspersonal an, unser Gepäck zu versorgen und uns zur Hand zu gehen.

»Sie werden gewiss müde sein von der langen Reise«, sagt er. »Wir speisen um acht Uhr zu Abend. Bis dahin wünsche ich Ihnen eine angenehme Ruhe.«

Kurz vor acht führt uns das Zimmermädchen in den Speisesalon.

Léon Monet, ein drahtiger Mittvierziger, glattrasiert, gut gelaunt und modisch gekleidet, kommt uns vergnügt entgegen.

Erst begrüßt er Alex auf Russisch und wechselt ein paar Worte mit ihm. Dann eilt er auf mich zu.

»Schön, Sie kennenzulernen.« Er streckt mir die Hand entgegen. »Wie möchten Sie angesprochen werden: Monsieur Eugen Maron oder Durchlaucht Fürst Samarow?«

»Wir sind der Kunst wegen in Paris. Daher bitte mit meinem Künstlernamen.«

»Erlauben Sie mir die Frage, Monsieur, warum Sie Ihre Bilder mit Maron signieren?«

»Maron ist mein Künstlername. Inzwischen ist er behördlich anerkannt. Maron ist ein Kürzel und bedeutet: *Ma*len *r*einigt, *o*rdnet, *n*ützt. Beim Malen reinigt sich meine Sicht der Dinge. Beim Malen ordnen sich meine Gedanken. Andere bauen Häuser oder erfinden irgendwelche Sachen. Ich hingegen nütze der Welt, indem ich sie verschönere!«

Die Fürstin klatscht in die Hände. »Bitte zu Tisch!«

Während des Abendessens erweist sich Monet als kenntnisreicher, begabter und anregender Unterhalter mit Tiefgang. Ohne prahlerisch und unhöflich zu wirken, trägt er sein Wissen über die Kunst vor.

Er holt weit aus und meint, ein Strom von großen und kleinen Ideen wie Freiheit, Gleichheit, Brüderlichkeit und Demokratie habe seit der letzten Jahrhundertwende die Welt überschwemmt, aufgewühlt und geistig umgepflügt. So auch die Malerei. Die Nazarener und Historienmaler, die zunächst den Kunstmarkt dominierten, seien vom Realismus abgelöst worden. Dieser habe der Foto-grafie gehuldigt, die jedes kleinste Detail naturgetreu abbilden kann und immer noch viele Maler brotlos macht. Deshalb wollen die gegenwärtigen Maler mit der Fotografie konkurrieren und schaffen Gemälde, die, was die Wirklichkeitsnähe betrifft, die Fotografien übertrumpfen. Und sie können ihre Gemälde farbig gestalten, was den Fotografen bisher nicht möglich ist.

»Die modernen Maler wollen sich also aus der Zwangsjacke der Realität befreien?«

»Oui, Monsieur Maron. Manche schultern ihre Malutensilien und malen unter freiem Himmel, bei natürlichem Licht und Schatten. Das ist jetzt möglich, weil es inzwischen fertige Ölfarben in der Tube gibt. Andere wenden sich einer uralten Maltechnik zu, der Pastellmalerei. Und so malen fast alle Freiluftmaler mit Ölfarben in der Tube und mit weichen und harten Pastellkreiden.«

»Und womit malt Ihr Bruder?«, will der Botschafter wissen.

»Er verwendet sowohl Pastellkreiden als auch Ölfarben. Die Kreide biete ihm die Möglichkeit, mit wenig Aufwand und sehr schnell einen Eindruck festzuhalten, sagt er. Deshalb könne er an einem einzigen Tag mehrere solcher Pastelle malen. Meist sind sie kleinformatig. Häufig dient ihm ein solches Bild als Vorlage für ein größeres Ölgemälde.«

Die Fürstin fragt: »Werden in der Ausstellung nur Werke Ihres Bruders gezeigt?«

»Nicht nur, sondern auch Bilder seiner engsten Freunde. Besonders sehenswert sind die Gemälde von Berthe Morisot, die viel von Degas abgeschaut hat und inzwischen zum Künstlerkreis um Degas und meinen Bruder gehört.«

»Unglaublich! Dass eine Frau sich das traut?« Die Fürstin blickt skeptisch in die Runde.

»Doch, doch!«, beteuert Monet. »Sie macht das sehr gut. Bitte kommen Sie alle morgen zur Vernissage. Sie sind herzlich eingeladen. Überzeugen Sie sich selbst. Lernen Sie einige der Künstler persönlich kennen.«

Dank Monets amüsanter und anregender Unterhaltung vergeht die Zeit wie im Flug. Man verabredet sich zur Vernissage, dann bittet Monet um Nachsicht. Er müsse jetzt leider gehen, verspricht jedoch, mich am nächsten Morgen gegen zehn Uhr abzuholen und mich mit seinem Bruder bekanntzumachen.

*

Kaum ist Monet fort, schon wechselt die Hausherrin ins Russische. In Paris kenne sie nur ganz wenige Menschen. Umso mehr freue sie sich, heute Landsleute um sich zu haben.

»Wann waren Sie zuletzt in Russland?«, fragt sie Alex.

»Vor zehn Jahren, etwa zwei Jahre nach dem Tod meiner Frau. Ich habe Verwandte in Russland besucht, in Sankt Petersburg und in Odessa.«

»Und Sie, Fürst Samarow?«

»Vor zwanzig Jahren habe ich meinen ältesten Sohn Andrej nach Neurussland begleitet, als dieser mit der ganzen Familie nach Odessa übersiedelt ist. Seitdem war ich nicht mehr dort.«

»Lebt Ihr Sohn in Odessa?«

»Ja. Er hatte vier Jahre zuvor geheiratet, eine Russin, die bildhübsche Prinzessin Alina Anastasia, einzige Tochter des Fürsten Zilinski.«

Der Botschafter hebt fragend den Kopf: »Gehörte Fürst Zilinski nicht zur inzwischen erloschenen Linie der Fürsten von Wjasma?«

»In der Tat.«

»Und welchen Titel trägt Ihr Sohn?« Die Fürstin ist neugierig geworden.

»Offiziell heißt er Erbprinz Andrej Ewgenj Samarow. Wenn ich einmal sterbe, wird er der neue Fürst Samarow. Er und seine Familie bewohnen unsere Familienvilla in der Deribasovskaya. Das ist die belebteste Straße der Stadt, wo etliche Cafés und Gasthäuser sind.«

»Wie hat Ihr Sohn die russische Prinzessin kennengelernt?«, fragt der Botschafter.

»Im Juli 1846 heiratete der württembergische Thronfolger Karl die Großfürstin Olga, Tochter des russischen Zaren Nikolaus. In meiner Vertretung reiste mein Sohn mit dem Thronfolger nach Russland. Geblendet von der Prachtentfaltung auf Schloss Peterhof bei Sankt Petersburg genoss er die pompösen Feierlichkeiten und die anschließenden Empfänge, Tanz- und Theaterabende. Dabei lernte er die Prinzessin bei einem Festbankett kennen, verliebte sich in sie und schrieb ihr nach der Heimkehr viele Briefe, bis sie in die Ehe einwilligte. Im Herbst 1847 heirateten die beiden in Stuttgart. Im darauffolgenden Sommer kam mein Enkel Alexander zur Welt und ein Jahr später Anna.«

»Wie gefällt es Ihrem Sohn in Odessa?«, will die Fürstin wissen.

»Schon nach wenigen Tagen waren mein Andrej und seine Alina von ihrer neuen Heimat überzeugt. Die geräumige Villa in zentraler Lage trägt gewiss viel zum Wohlbefinden bei. Vor allem aber hat es ihnen Odessa angetan, eine Stadt von Weltgeltung. Menschen aus allen Staaten und allen Religionen leben dort. Das kulturelle Angebot ist überwältigend.«

»Nicht von Ungefähr nennt man Odessa die Perle am Meer, das Tor zur Welt oder das Paradies auf Erden«, meint der Botschafter.

»So ist es Exzellenz. Von keiner anderen europäischen Stadt kann man das sagen. Mit ihrem Flair, dem weltoffenen Geist ihrer Bewohner und ihrem Frohsinn bietet Odessa das brausende Leben einer Metropole und die Annehmlichkeiten eines Kultur- und Erholungszentrums.«

»Höre ich da ein Aber heraus?« Der Botschafter blickt mich prüfend an.

Ich lächle zustimmend zurück: »Erraten! Bei mir wollte sich keine Wiedersehensfreude einstellen, als ich in Odessa war. Zu fremd war mir alles geworden, viel zu groß die Stadt und zu mondän.«

»Mein Freund Eugen«, meldet sich Alex zu Wort, »vermisste seine alten Freunde und Weggefährten. Das hat er mir verraten, als er wieder zuhause war. Seine Großmutter, Fürstin Jekatarina Oksana Samarow, ist schon lange tot. Bald nach ihr ist Eugens Privatlehrer und engster Vertrauter Wilhelm Neumann gestorben, ein Gelehrter und Philosoph aus Tübingen, der Eugen Deutsch beigebracht hat. Auch Jean Pierre Buxel, Eugens treuer Gutsverwalter aus der Schweiz, Köchin Irma, eine bessarabiendeutsche Witwe aus dem Schwarzwald, sowie Larissa, die Haushälterin der Fürstin, lebten nicht mehr, ebenso die beiden englischen Kaufleute, mit denen Eugen in Odessa seine Getreidegeschäfte abgewickelt hatte: Mister Barloy und Lord Snowhill.«

Die Fürstin wendet sich an mich: »Sie kannten also niemand mehr in Odessa?«

Alex nickt, und ich antworte: »Graf Langéron, Generalgouverneur von Neurussland und mein wichtigster Freund und Förderer, war an der Cholera gestorben. Seine Nachfolger kenne ich nicht einmal dem Namen nach. Generalfeldmarschall Fürst Wolkonski, der mich nach Odessa beordert hatte, war ebenso tot wie Zar Alexander I., den ich porträtiert habe. Also ging ich gleich nach meiner Ankunft in Odessa zum alten Friedhof und habe die Gräber der verstorbenen Bekannten und Freunde aufgesucht. Gedankenschwer schlenderte ich zurück, setzte mich in ein Café hoch über Militär- und Zivilhafen, und schaute hinaus auf den Himmel, das Wasser und die Schiffe. So habe ich Abschied vom Schwarzen Meer genommen. Ein wichtiger Abschnitt meines Lebens war zu Ende. Das spürte ich genau. Nie wieder werde ich durch Odessa schlendern oder am Hafen sitzen. Es ist wirklich vorbei.«

Der Botschafter schüttelt den Kopf: »Wie kann man so leicht von seiner Heimat Abschied nehmen?«

Ich überlege lange: »Vermutlich mit der gleichen Leichtigkeit, mit der ich in Stuttgart, meiner neuen Heimat, gelandet bin. Eine Laune des Schicksals hat mich nach Odessa und später nach Stuttgart geführt. Von Russland habe ich nicht Abschied genommen, nur von einem Wohnort. Ein Zufall, ein paar Worte, und ein Kapitel im Leben geht zu Ende und ein neues beginnt.«

»Und was bleibt Ihnen dann von Russland?« Die Fürstin ist unerbittlich, vermutlich, weil sie nicht nachvollziehen kann, was ich erlebt habe.

»Erinnerungen und gute Gedanken. Weil aber Erinnerungen uns zu dem machen, was wir sind, bleibt Russland immer ein Teil von mir. Allerdings hege ich keine Gefühle, die ich wiederbeleben möchte. Da bin ich mir ganz sicher. Deshalb habe ich damals den Blick aufs Schwarze Meer in einer kolorierten Zeichnung festgehalten, die ich jedoch nur noch selten anschaue.«

*

Beim Frühstück sagt der Botschafter, er habe gleich einen Termin. Ein russischer General der Kavallerie wolle in offiziellem Auftrag ein paar Zuchtpferde kaufen. Der General komme in Begleitung des französischen Verteidigungsministers.

»Sie sind doch Kavallerist«, wendet er sich an Alex. »Wollen Sie mich nicht begleiten?«

Und ob Alex will. Das spüre ich genau. Stirnrunzelnd schaut er mich an.

Der Botschafter bemerkt es und kommt meiner Antwort zuvor: »Sie wissen doch, Fürst Samarow, dass Russland ohne Pferde niemals entstanden wäre. Egal ob Eroberung, Urbarmachung oder Transport – für all das benötigt man Pferde. Wir züchten viele Pferderassen selbst: zähe Reittiere, schnelle Traber, arbeitsame Lastenträger, bärenstarke Kaltblüter und geduldige Ponys. Aber die feurigen Vollblüter fehlen uns noch. In Chrenovoje, nordwestlich von Rostow am Don, werden im ältesten Gestüt Russlands vor allem Orlow-Traber gezüchtet. Hier will die russische Kavallerie eine neue Zuchtlinie aufbauen.«

Ich stimme zu: »Bitte nehmen Sie Alex mit, Exzellenz. Ich werde ja gleich von Monsieur Monet abgeholt.«

Die Fürstin mahnt: »Mittagessen ist um drei Uhr, meine Herren. Vermutlich werden Sie bis dahin nicht zurück sein. Das ist kein Problem. Aber heute Abend wollen wir zur Vernissage. Bitte vergessen Sie das nicht.«

Pünktlich um zehn fährt Léon Monets Droschke vor.

»Wir besuchen meinen Bruder Claude«, sagt Monet. »Claude wohnt in Argenteuil. Das ist ein kleines Städtchen ganz in der Nähe. Wir können mit der Eisenbahn hinfahren oder die Droschke nehmen, ganz wie Sie wollen.«

»Welche Fahrt ist schöner?«

»Die mit der Droschke, weil sie immer entlang der Seine verläuft. Egal ob Zug oder Kutsche, in gut einer Stunde sind wir dort.«

»Dann bitte mit der Kutsche. Unterwegs können Sie mir ja einiges über Ihren Bruder und seine Malerei verraten.«

»Einsteigen, bitte«, sagt Monet und gibt dem Kutscher den Auftrag, sie zum Bruder nach Argenteuil zu bringen.

Wir genießen schweigend die ersten Minuten der Fahrt, dann fragt Monet: »Wenn wir bei meinem Bruder sind, was interessiert Sie dann vor allem?«

»Zweierlei, seine Farb- und Lichtauffassung und die Pastellmalerei an sich, denn davon verstehe ich überhaupt nichts.«

Monet lacht. »Bei uns in Frankreich hatten im letzten Jahrhundert die Porträtmaler großen Zulauf. Sie beherrschten den Kunstmarkt. Seinerzeit interessierte man sich besonders für herausragende Menschen aller Berufe, und dabei insbesondere dafür, wie sie sich kleideten und schmückten. Gewiss, der Gesichtsausdruck musste stimmen, aber die Aufmachung war entscheidend. Wenn die Leute ein Bild betrachteten, dann wollten sie den Kleiderstoff nachempfinden können, den der Porträtierte trug. Und genau darum wurde damals die Pastellmalerei so beliebt und bewundert, denn das konnte sie liefern. Der größte Pastellist aller Zeiten war Maurice-Quentin De La Tour, der hier in Paris zur Rokokozeit wirkte. Er konnte verschiedene schwarze Stoffe auf einem Bild so nebeneinandersetzen, dass man sofort wusste, was Seide, Damast oder Leinen war. La Tour erkannte schnell die Möglichkeiten der Trockenmalerei. Mit leidenschaftlicher Seele porträtierte er Männer wie Frauen mit kräftigen Pastelltönen. Besonders gern malte er auf angerautem blauem Karton. La Tour feierte große Triumphe. Ausländische Fürsten buhlten um seine Gunst und versuchten, ihn an ihren Hof zu ziehen.«

»Gab es Nachahmer?«

»Viele! Joseph Ducreux war sein Lieblingsschüler. Schauen Sie sich bei meinem Bruder um, er hat etliche Pastellbilder aus jener Zeit erworben.«

»Können Sie etwas zur Malweise Ihres Bruders sagen?«

»Da fragen Sie ihn wohl am besten selbst. Wir sind bald da.«

»Seit wann wohnt Ihr Bruder in Argenteuil?«

»Erst seit Jahresbeginn. Dem deutsch-französischen Krieg sind Pissarro und er nach London ausgewichen. Dort malte er Bilder von der Themse und dem Hyde Park. Seit er wieder in Paris ist, bildet er mit Pissarro, Bazille, Renoir und Sisley eine Künstlergemeinschaft. Jetzt wohnt er mit seiner Frau Camille und Sohn Jean in einem gemieteten Haus unweit des Bahnhofs von Argenteuil. Das Leben in diesem Städtchen ist preiswerter als in Paris. Außerdem ist die Seine gleich um die Ecke, wo Claude ausreichend Motive für seine Bilder findet.«

*

Claude Monet sitzt vor der Staffelei in seinem Atelier und überträgt ein Pastellbild, es zeigt eine Uferpartie an der Seine, mit Ölfarben auf Leinwand. Ich schätze ihn auf etwa vierzig Jahre. Er hat einen zerzausten Vollbart, eine schwarze Mütze auf dem Kopf und eine Pfeife im Mund.

Als wir sein Atelier betreten, steht er sofort auf und umarmt seinen Bruder, der ihm ein Päckchen überreicht. »Die neuen Pastellkreiden?«, fragt er, und als Léon nickt, sagt er überschwänglich: »Danke, danke!«

Ich ahne, dass Léon seinen Bruder und dessen Familie finanziell und materiell unterstützt, hat er doch Claudes Frau Camille diskret einen Briefumschlag in die Hand gedrückt und ohne Kommentar ein Paket auf den Küchentisch gelegt.

Claude packt die Pastellkreiden sofort aus.

»Ah! Die neue Kollektion von Girault!« Er bewundert die Kreiden, die in einer Schachtel nach Farbgruppen aufgereiht liegen. »Ich danke dir, Bruderherz!«, wiederholt er.

Léon stellt mich seinem Bruder vor: »Das ist Fürst Samarow, ein Maler aus Süddeutschland, der unter dem Künstlernamen Maron bekannt ist. Gewiss hast du schon von ihm gehört. Er ist extra nach Paris gekommen, um dich, die neue Freiluftmalerei und insbesondere die Pastellkunst kennenzulernen.«

Claude Monet reicht mir die Hand: »Willkommen, mein Freund.« Er fasst mich am Arm und meint: »Ich verrate Ihnen alles, was ich über die Pastellkreiden weiß.«

»Die Kreiden von Girault gibt es seit hundert Jahren«, wendet sich Léon an mich. »Das ist die älteste Manufaktur der Welt für Pastellkreiden. Im goldenen Zeitalter des Pastells gegründet, wurde sie schnell für ihre Qualität bekannt. La Tour, Meister aller Meister dieser goldenen Epoche der Pastellmalerei, trug wesentlich dazu bei, schätzte er diese Kreiden doch über alles.«

Claude erklärt mir die Kreiden: Es gebe weiche und harte. Weiche enthielten weniger Bindemittel als harte, dafür einen höheren Anteil an Farbpigmenten. Sie seien daher leuchtkräftiger, aber auch bruchempfindlicher. Die gekauften Kreiden von Girault seien härter und gut geeignet für Linien und Detailzeichnungen. Weiche Kreiden müsse man leider selbst herstellen aus Kaolin, etwas Harz, reichlich Farbpigmenten und einem Bindemittel wie Haferschleim, Gummi arabicum oder Honig. Man knete alles zu einem Teig, schlage ihn in ein Tuch ein und rolle ihn, bis er etwa fingerdick ist. Dann schneide man ihn in Stücke und lasse sie trocknen. Insgesamt benötige man etwa siebzig bis hundert Farbtöne, denn sie ließen sich schlecht mischen. Nach zwei oder drei Farbschichten verlören die Pigmente die Haftung.

»Wenn Sie wollen«, sagt Léon zu mir, »kann ich Ihnen bis übermorgen Pastellkreiden von Girault besorgen.«

»Gern«, erwidere ich, »aber nur, wenn ich sie auch bezahle.«

Claude öffnet eine Schublade. Sie ist voller Pastellkreiden, unterschiedlich lange und dicke. Die neue Schachtel legt er dazu. Im Vergleich dazu sind die Girault-Kreiden gerade und gleichmäßig rund.

Dann erläutert er, wie er mit den Kreiden umgeht: Mit einem sauberen, weichen Tuch oder mit trockenen Fingern ließen sich zwei Farben ineinander reiben. So entstünden in begrenztem Umfang auch Mischtöne.

»Ein Pastellbild muss man immer von oben nach unten malen«, sagt er, »dann verwischt man das Gemalte nicht mit der Hand, und der lose Pigmentstaub fällt herunter und stört nicht beim Malen. Mit Zeichenkohle, Tinte oder Temperafarben kann man jedes Pastell problemlos ergänzen. Die besten Ergebnisse erzielt man auf Karton mit rauer Oberfläche. Dann haften die Pigmente besonders gut.«

Er zeigt mir ein Pastellbild, das gegenüber der Fensterwand hängt. »Das hat der berühmte Maurice-Quentin De La Tour gemalt, den mein Bruder vorhin erwähnt hat. Im Louvre sind viele Bilder von ihm ausgestellt.«

Das Porträt zeigt eine junge Frau in farbenprächtiger Kleidung, die mich anlächelt. Es fasziniert mich auf den ersten Blick.

»Die Pastellmalerei kommt meiner Malweise sehr entgegen«, betont Claude. »Mein ganzes Leben lang bin ich auf der Suche. Ich will wissen, wie das Licht und die Farben zu verschiedenen Tageszeiten wirken. Mit Pastellkreiden kann man draußen in der Natur malen und das rasch wechselnde Licht schnell einfangen.«

»Haben Sie Lieblingsthemen, wenn Sie draußen malen?«, will ich wissen.

»Der Himmel ist der Schlüssel für jedes Bild, das draußen entsteht. Die Landschaft wird bestimmt vom Licht, das über uns strahlt. Es beherrscht die Farben und die Kontraste in der Natur. Darum beginne ich immer mit dem Himmel. Dann folgen die Wolken. Sie sind hell, sie schweben am Himmel. Der Schatten auf ihrer Unterseite gehört zu den helleren Werten im Bild. Selbst Gewitterwolken male ich nie dunkler als die Erde darunter, denn die Wolken werfen Schatten auf die Erde, die dann dunkler erscheint als die Wolken selbst. Eine übermäßig dunkle Wolke verdirbt das ganze Bild! Was auch immer ich draußen male, zuerst muss ich den Himmel und die Wolken gestalten, ganz egal, ob ich eine Landschaft male oder Menschen und ihre Freizeitvergnügen: Segeln an der Seine, Tanzveranstaltungen im Freien, Häuser, Gärten oder die Eisenbahn. Und ganz zum Schluss setze ich mit hellen Kreiden die Lichtpunkte ins Bild.«

Eine Frage brennt mir noch auf der Zunge: »Im Winter malen Sie also nicht im Freien?«

»Doch, doch! Ich habe mich vier Jahre lang mit den Lichteffekten und den Farben des Schnees beschäftigt. Als Maler wissen Sie ja, dass Schnee niemals ganz weiß ist, sondern einen leichten Lila- oder Blauton hat.«

Ich nicke, und er führt seinen Bruder und mich auf die Veranda. Dort hat seine Frau den Tisch gedeckt. Sie trägt auf dem Arm den schlafenden kleinen Jean. Bei Tee und Kuchen sprechen wir übers Malen und die Pastellmalerei. Auch verrät er uns, dass er eine Ausstellung in Paris plant. Er und seine Künstlerkollegen Pissarro, Bazille, Renoir und Sisley wollten die neue Freiluftmalerei der Pariser Kunstwelt vorstellen.

*

Léon Monet bringt mich mit seiner Droschke zur russischen Botschaft zurück und verabschiedet sich schon an der Einfahrt. Er müsse für die Vernissage am Abend noch einiges erledigen.

Die Fürstin nimmt mich in Empfang. »Ihr Freund und mein Mann ruhen sich aus. Wünschen Sie eine kleine Stärkung?«

»Danke! Madame Claude Monet hat uns bereits Tee mit Kuchen serviert. Ich würde mich auch gern zurückziehen.«

»Dann werde ich Sie kurz vor sieben holen lassen«, sagt die Fürstin. »Bis dahin eine angenehme Ruhe!«

Um sieben wird ein kleines Abendvesper gereicht; das eigentliche Abendessen werde man nach der Vernissage einnehmen, sagt die Fürstin.

Gleich danach bringt uns der Botschaftskutscher zur Ausstellung. Léon Monet erwartet uns schon. Er stellt mich Berthe Morisot vor, einer etwa dreißigjährigen Frau mit Scheitelfrisur und gelocktem Haarbusch auf dem Hinterkopf, der ihr zartes Gesicht mit den großen Augen und dem sinnlichen Mund umrahmt. Sie trägt ein blaues Kleid, vorn enganliegend und bis zum Gürtel zugeknöpft, ab der Hüfte breit ausladend. Ein goldenes Medaillon mit einer Applikation aus akkurat modellierten Blumen und geschmackvoll arrangierten Perlen und Rubinen ziert ihren Hals, das beliebteste Schmuckstück der wohlhabenden Pariserinnen, in dem üblicherweise ein Foto, eine Haarlocke oder ein Briefchen verwahrt wird.

»Léon hat mir viel von Ihnen erzählt, Sire.« Sie reicht mir ihre Hand. »Ich freue mich, einen großen Künstlerkollegen aus Deutschland kennenzulernen.«

Ihr Händedruck ist kräftig, ihre Hand zart wie die ganze Person, ihr Lächeln sympathisch und attraktiv.

»Enchanté!«, erwidere ich ihr Lächeln.

»Darf ich Sie durch die Ausstellung begleiten?«, wendet sie sich mir zu.

»Besser noch«, schlägt Léon Monet ihr vor, »wir trennen uns. Sie, Mademoiselle, führen Monsieur Maron durch die Ausstellung, denn er versteht sehr gut Französisch und interessiert sich für die moderne Freiluftmalerei. Dann kann ich dem Herrn

Botschafter, seiner Gattin und Monsieur Alex die wichtigsten Objekte auf Russisch erläutern.«

Ich stimme zu, obwohl ich spüre, dass Mademoiselle Morisot irgendetwas im Schilde führt. Will sie mir eines ihrer Bilder verkaufen? Sei's drum, habe ich mich doch längst entschieden, ein Pastellbild zu erwerben.

Ich kann mir ein Schmunzeln nicht verkneifen, als sie mich zielstrebig in den Raum führt, in dem drei ihrer Bilder hängen. Eines gefällt mir auf den ersten Blick, ein Pastellbild, das eine Dame zeigt. Die Gemalte trägt ein bodenlanges schwarzes Kleid, dazu ein schwarzes Hütchen auf den rehbraunen Haaren. Neben ihr steht ein etwa vierjähriges Mädchen in einem blauen Kleid mit weißer Schürze. Beide schauen von einem Balkon auf eine belebte Straße hinab.

»Wunderbar!« Auch aus unmittelbarer Nähe und von der Seite spricht mich das Bild an. Ich bin begeistert und kann mich nicht satt sehen.

Berthe Morisot lächelt mich an.

Ich trete ein paar Schritte zurück und begutachte das Pastell mit zusammengekniffenen Augen: »Verkaufen Sie's mir?«

»Es ist nicht billig«, sagt sie und sieht mich stirnrunzelnd an.

»Ich kann es mir leisten.«

»Alle Bilder müssen aber bis zum Ende der Ausstellung in drei Wochen hängen bleiben.«

»Macht nichts. Ich bezahle das Bild im Voraus, und Sie versprechen mir, dass sie es später in der russischen Botschaft abgeben. Dann kann es der Herr Botschafter mit seiner Dienstpost an Fürst Gortschakow versenden lassen, den russischen Gesandten in Stuttgart, mit dem ich befreundet bin.«

Wir schlendern von Bild zu Bild. Porträtiert sind Vornehme und Alltagsmenschen, Böse und Gute. Dazu Landschaften, meistens Partien an der Seine, und Männer und Frauen bei ihren Freizeitvergnügungen, beim Tanzen, beim Segeln, beim Rudern, beim Picknick im Grünen.

Wir setzen uns auf eine gepolsterte Bank. Ich betrachte insgeheim das Publikum.

Wer ist Kunstliebhaber? Wer Kunsthändler? Wer Kunstkritiker, wer Maler, wer Bankier oder Politiker? Nicht zu erraten, denn alle Herren sind einheitlich gekleidet, tragen schwarzen Frack mit Zylinder, stützen sich auf einen Gehstock oder drücken das Kinn in den Kragen. Die Damen in bodenlangen Kleidern, meist schwarz mit aufgesetztem weißem oder rotem Kragen, wenige pastellfarben, dazu ausladende Hüte. Einige sitzen, andere stehen allein oder zu zweit im Raum und blicken sich suchend um. Trotz der vielen Leute ist es erstaunlich still. Niemand lacht. Kaum jemand verzieht eine Miene. Kein Künstler wird vorgestellt. Keiner spricht laut über eines der Bilder.

Mir ist das zu steif. Als ob Marionetten vor farbigen, lebensfrohen Bildern hin und her stelzen. Gefallen die Bilder nicht? Ist das Publikum blasiert und der Kunst überdrüssig? Oder soll das ein Ausdruck von Noblesse sein?

Vor einem Bild von Édouard Manet treffen wir die anderen wieder. Mademoiselle Morisot steht mit dem Rücken zum Gemälde und zwinkert Léon Monet zu. Als der fast unmerklich nickt, und sie lächelt, begreife ich sofort: Das war ein abgekartetes Spiel. Die beiden wollten, dass ich ein Bild von der jungen Dame erwerbe.

Die Heimlichtuerei amüsiert mich. Ich kann mir ein Schmunzeln nicht verkneifen.

Léon Monet sieht es und fühlt sich ertappt.

»Eigentlich hätte ich gern noch ein zweites Bild«, grinse ich ihn augenzwinkernd an, »allerdings eines, das eine Szene in freier Natur zeigt.«

»Morgen bringe ich die Pastellkreiden in die Botschaft«, sagt Léon Monet. »Wenn's Ihnen recht ist, zeige ich Ihnen dann ein paar Bilder zur Auswahl. Wünschen Sie ein Öl- oder Pastellbild?«

»Ölbilder habe ich genug. Bitte nur Pastellgemälde zur Auswahl.«

Das kleine, fast rechteckige Gemälde hinter Mademoiselle Morisots Rücken heißt ›Die Explosion‹ und zeigt, nein schreit heraus, wie unmenschlich das Leben sein kann. Soldaten werden in die Luft geschleudert und knallen aufs Pflaster. Eine Anklage gegen die Gesellschaftsordnung und vor allem gegen den Krieg? Es ist so realistisch gemalt, dass man glaubt, die Explosion und das Schreien der Männer zu hören.

»Was hat es mit diesem Bild auf sich?«, will ich von Léon Monet wissen.

»Soldaten werden von der Wucht einer detonierenden Bombe getroffen und fliegen im Pulverdampf durch die Luft. Das Bild hat Eduard Manet während des Aufstands der Pariser Revolutionsregierung, der Commune, im letzten Jahr gemalt. Manet ist ein sehr politischer Mensch. Er lässt keine Gelegenheit aus, sich gegen den Kaiser und für die Republik und für bürgerliche Freiheiten und Menschenrechte einzusetzen.«

Anderntags gegen zehn löst Léon Monet sein Versprechen ein. Er übergibt mir eine zweistöckige Schachtel mit sämtlichen Girault-Pastellkreiden und reiht an einer Wand im Empfangsraum der Botschaft fünf Pastellbilder auf.

Ich entscheide mich spontan für ein Bild von Marie Bracquemond. Es ist hell, luftig und duftig. Ich kaufe es sofort.

»Eine gute Wahl, Monsieur!« lobt Léon Monet. »Madame Bracquemond lebt hier in Paris, ist etwa dreißig Jahre alt und hat zunächst Porzellan und Keramik bemalt. Eine aufstrebende Künstlerin mit außerordentlichem Talent, die uns noch viel Freude bereiten wird.«

Das Bild ist in Grün gehalten. Es zeigt im Vordergrund eine junge Mutter im blau-weißen Kleid, die im hohen Gras sitzt und ihrem Kind zuschaut, einem Mädchen mit braunem Hut, das Blumen pflückt und sie seiner Mutter überreicht. Im Hintergrund sieht man die Seine, auf der zwei Lastkähne tuckern und kleine Dampfwolken ausstoßen.

Wenig später begleitet mich Léon Monet zum Louvre. »Was wollen Sie sehen?«, fragt er mich.

»Nicht die napoleonischen Beutestücke aus der ganzen Welt. Nicht die konfiszierten Kunstschätze des Adels und des Klerus. Bitte nur die Malerei der letzten hundert Jahre und insbesondere die gegenwärtige.«

»Dann gehen wir gleich in den Salon Carré, der vor anderthalb Jahren eingerichtet wurde und die zeitgenössische Kunst zeigt.«

Er führt mich schnurstracks in einen riesigen Kuppelsaal, gelb-bläulich ausgemalt, mit Oberlichtern versehen, ab den Wölbungen zur Saalmitte hin, in einer Höhe von etwa zwanzig Fuß, reichlich Stuckfiguren. An den senkrechten Wänden Bilder in allen Größen, dicht an dicht gehängt, sodass man von den Wänden fast nichts mehr sieht. Auf dem Boden ein wunderbares Parkett, auch im gelblichen Ton gehalten. Gepolsterte Sitzbänke und Stühle laden zum Verweilen ein. Die drei Skulpturen im Saal sind mit hüfthohen Schmiedegittern eingezäunt, die zum Anlehnen und Bildbetrachten einladen.

Ich kann mich nicht sattsehen an der Farbenpracht der Bilder. Mit einem Schlag wird mir bewusst, was die neue Freilichtmalerei im Gegensatz zur realistischen Malweise ausmacht: mehr Farbe, mehr Licht, mehr Bewegung und Schwung, mehr Lebensfreude, mehr Intuition.

Frankfurt, Juli 1872

Alex und ich sitzen wieder im Zug. Der Botschafter hat uns zum Bahnhof gebracht. Meine Bilder und die Kreiden werde er, wie besprochen, der russischen Gesandtschaft in Stuttgart zukommen lassen, sagt er mir zum Abschied.

»Was ist unser Tagesziel?«

Alex sieht mich aus schmalen Augen an. Ich vermute, er ist verstimmt. Hat er sich in Paris gelangweilt?

Schließlich sagt er mürrisch: »Frankfurt am Main. Wir logieren im *Schwanen*. Sagt dir das etwas?«

»Nein.«

»Im *Schwanen* ist neulich der deutsch-französische Friedensvertrag unterzeichnet worden.«

Ich kann mir ein müdes Lächeln nicht verkneifen: »Seien wir ehrlich. Das ist ein Diktatfrieden. Die Franzosen müssen Elsass und Lothringen einschließlich der Festung Metz an Deutschland abtreten und außerdem noch fünf Millionen Franc Kriegsentschädigung an uns zahlen. Und ihren Kaiser haben wir gefangen genommen und nach Kassel entführt. Die Franzosen werden auf Rache sinnen. Verdenken kann ich es ihnen nicht.«

Alex hebt die Augenbrauen und zieht missvergnügt die Nasenflügel hoch.

»Bist du anderer Meinung?«

Alex beschwichtigt: »Wahrscheinlich hast du recht. Aber sagen traut sich's niemand in Deutschland, seitdem wir wieder einen deutschen Kaiser haben.«

Er vertieft sich in den *Schwäbischen Merkur*, den er im Pariser Bahnhof gekauft hat.

»Tu nicht so, als ob du lesen könntest!«

Alex zeigt ein erstes Lächeln. »Interessiert dich die Schlagzeile?«

»Nur wenn's was Interessantes ist.«

Alex räuspert sich: »Silberne Hochzeit des württembergischen Königspaares. Das müsste dich doch interessieren.«

»Bitte lies vor.«

Alex zitiert: »In Friedrichshafen wurde die fünfundzwanzigjährige Vermählung des württembergischen Königspaars gefeiert. König Karl erließ eine Amnestie, Königin Olga gründete die Karl-Olga-Stiftung für alleinstehende Fräulein.«

»Langweilig! In allen Königshäusern die gleiche, einfallslose Leier. Er erlässt eine Amnestie, sie gründet eine Stiftung.«

»Hättest du's anders gemacht?«

»Natürlich«, winke ich ab, »aber das interessiert jetzt nicht. Also weiter!«

Alex verzieht keine Miene. Mit dem Finger sucht und findet er die angefangene Zeile: »Der preußische Gesandte am Stuttgarter Hofe, Freiherr von

Rosenberg, hatte sich nach Friedrichshafen begeben, um dem Königspaar am silbernen Hochzeitsfest das Glückwunschschreiben des Deutschen Kaisers zu übergeben. Die Feier der silbernen Hochzeit fand in Gegenwart des russischen Kaiserpaares, der Königin-Mutter und mehreren Angehörigen der kaiserlich-russischen und der königlichen Familie sowie anderer fürstlichen Gäste und Vertreter fremder Souveräne statt. Das Fest nahm den schönsten Verlauf und gab Veranlassung zu einer großen Anzahl von Kundgebungen treuer Anhänglichkeit aus allen Teilen des Landes und allen Kreisen der Bevölkerung. Bei herrlichster Witterung schloss das von der Bevölkerung mit warmem Anteil mitgefeierte Fest abends mit einer großartigen Beleuchtung, bei deren Besichtigung das königliche Paar und seine hohen Gäste mit den freudigsten Hochrufen begrüßt wurden.«

»Glaubst du wirklich, die Friedrichshafener stehen sich stundenlang die Beine in den Bauch und warten, ob sich das Königspaar vielleicht am Fenster oder im Schlossgarten zeigt?«

»Doch!« beharrt Alex. »Die Leute sind neugierig.«

»Glaube ich nicht! Die Leute kommen nur, wenn man sie dahinbeordert oder Geld verteilt.«

»Und warum steht's anders in der Zeitung?«

»Weil die Herren Journalisten in vorauseilendem Gehorsam immer genau das schreiben, was man bei Hofe hören will. Sie sind zu feige, die Dummheiten und Lächerlichkeiten unseres politischen und gesellschaftlichen Lebens beim Namen zu nennen.«

»Früher warst du gern bei Hofe.«

»Ja, früher schon, aber jetzt nicht mehr. Mir geht das höfische Getue inzwischen gewaltig auf die Nerven. Königin Katharina war großartig, und Königin Olga ist schwer in Ordnung. Aber ihr Mann König Karl ist doch eine Niete. Er vernachlässigt seine Dienstpflichten und spielt den Privatier. Als ich ihn letztes Jahr traf, hat er das Gespräch mitten im Satz abgebrochen, weil er keine Lust mehr hatte. Mit solchen Launen stößt er selbst die Wohlmeinendsten vor den Kopf.«

*

In Heidelberg müssen wir umsteigen. Gepäckträger sind uns behilflich. Kaum sitzen wir im Zug nach Darmstadt und Frankfurt, schon werde ich schläfrig. Ich verfalle in einen unruhigen Schlaf und träume vom Katharinenhospital.

Eine Krankenschwester mit weißer, gestärkter Haube beugt sich über mich und fragt: »Können Sie mich hören?«

Ich schlage die Augen auf und blicke wohl verwirrt umher. Mühsam öffne ich den Mund und versuche zu sprechen, doch die Stimme versagt mir.

Die Schwester gibt mir einen Schluck zu trinken,

schiebt die Bettdecke zur Seite, setzt sich auf den Bettrand und nimmt meine Hände in ihre.

Ich liege mit geschlossenen Lidern allein in einem abgedunkelten Zimmer mit hohen Fenstern, die schweren Vorhängen halb zugezogen.

Sie prüft meinen Puls. »Sehr schwach«, murmelt sie vor sich hin. Sie wiegt nachdenklich den Kopf und steht entschlossen auf.

In diesem Moment tritt der leitende Arzt Professor Julius Leisinger ins Zimmer: »Wie geht es ihm?«

»Ich habe ihn angesprochen, und er hat kurz die Augen geöffnet. Ich habe ihm zu trinken gegeben, und er ist sofort wieder eingeschlafen.«

»Sehr gut«, lobt der Arzt. »Draußen sitzt Baronin Samarow. Sie will ihn sehen.«

»Soll ich sie holen?«

»Ja, bitte.«

Wenig später führt die Schwester eine Dame ins Krankenzimmer, gekleidet nach der neuesten Mode: überweiter Rock, Wespentaille, Schnürmieder, Ärmel und Rock mit Volants und Ornamenten verziert, kleines Kapotthütchen mit herabhängenden Bändern und in der rechten Hand eine kleine Tasche mit Bügelverschluss, deren hellgrüner Damast mit roten und gelben Rosen bestickt und mit Perlen verziert ist.

Ihr Auftreten kontrastiert angenehm zum distanziert-vornehmen Erscheinungsbild. Besorgt fragt sie: »Wie geht es ihm, Herr Professor?«

»Ich denke, er ist in den nächsten Tagen über dem Berg. Er hat ein leichtes Koma erlitten, bedingt durch den Sturz. Vermutlich ist er mit dem Schädel aufgeschlagen. Das hat eine Hirnblutung verursacht. Aber sonst ist alles in Ordnung. Die Symptome sind nicht beunruhigend.«

»Darf er bald wieder heim?«

Professor Leisinger zuckt die Schultern. »Warten wir's ab.« Er streicht sich übers Haar. »Ist er schon einmal operiert worden?«

Sie schüttelt den Kopf.

»Wissen Sie, ob er regelmäßig Medikamente einnimmt?«

»Er ist zum ersten Mal in seinem Leben in einem Krankenhaus. Medikamente hat er bisher nicht gebraucht. Er war kerngesund.«

»Arbeitet er immer noch?«

»Wie Sie wahrscheinlich wissen, ist er Maler. Und das Malen ist eine Erfahrungswissenschaft, sagt er jedem, der es hören will oder nicht. Deshalb müsse man täglich probieren und üben. Wenn ich nicht mehr malen darf oder kann, dann bin ich tot, hat er mir erst kürzlich verraten.«

»Da kann ich Sie beruhigen, Frau Baronin. So weit sind wir noch lange nicht.«

»Wird er wieder ganz gesund?«

»Aber ja! Wir geben Ihnen Ihren Mann heil wieder. Machen Sie sich keine Sorgen. Nur schonen muss er sich, wenigstens die erste Zeit.«

»Sehen Sie mal, Herr Professor!«, ruft die Krankenschwester.

Mich juckt es an den Fingerspitzen. Die schwebende, sanfte Welt, in die ich eingetaucht bin, löst sich allmählich auf. Die Dunkelheit um mich verschwindet nach und nach. Ich öffne die Augen. Was ich sehe, ist verschwommen, viel zu hell und unscharf, wie bei einem dieser neumodischen Fotoapparate, die man in dem kürzlich eröffneten Laden am Marktplatz kaufen kann.

Ein Schatten nähert sich, die Umrisse nebelhaft, als bewege er sich hinter einem Paravent. »Guten Tag, Eugen«, sagt der Schatten.

Der Schatten kommt noch näher. Das Gesicht bleibt verschwommen, aber Nase, Mund und blonde Haare kann ich erkennen.

Ich habe diese Stimme schon oft gehört. Aber wo und wann?

»Kannst du mich hören, mein Schatz?«

Zwischen ihren Worten und den Bewegungen ihres Mundes ist eine zeitliche Verzögerung. Der Ton kommt ein paar Sekunden später bei mir an.

Ich bin so unendlich müde. Nur mit Mühe kann ich die Augenlider offenhalten.

»Wie geht es Ihnen«, sagt eine andere, tiefere Stimme. Ein Mann?

Ich schaue und schaue und versuche, den Nebel zu durchdringen.

»Sie sehen sicher alles verschwommen«, sagt

diese Stimme. »Machen Sie sich keine Sorgen, alles wird gut.«

Ich blinzle und will den Mund öffnen.

»Pscht«, sagt die weibliche Stimme und legt einen Finger auf meine Lippen, als wolle sie mich hindern, ein Geheimnis zu verraten.

»Schließen Sie die Augen«, sagt die männliche Stimme. »Es ist alles in Ordnung.«

»Wo bin ich?«

»Du bist im Krankenhaus, mein Schatz. Im Katharinenhospital.«

»Warum?«

»Du bist die Treppe hinuntergefallen. Erinnerst du dich nicht mehr?«

Ich schüttele müde und langsam den Kopf. Meine Augen füllen sich mit Tränen.

»Ich bin Ihr Arzt«, sagt die tiefere Stimme. Sie gehört zu einem weißhaarigen Mann, den ich allmählich schärfer sehen kann als die Frau. »Antworten Sie mir nicht. Sie sind mit dem Kopf aufgeschlagen. Das war vor acht Tagen. Wenn Sie das verstanden haben, dann nicken Sie bitte.«

Mit ein paar Sekunden Verzögerung nicke ich.

»Sehr gut«, lobt Professor Leisinger. »Wir lassen Sie jetzt allein. Ruhen Sie sich aus.«

Der Arzt geht zur Tür, öffnet sie und fordert Krankenschwester und Besucherin mit einer Handbewegung auf, mich allein zu lassen. Dann schließt er die Tür von außen.

»Er braucht jetzt viel Ruhe«, wendet sich Doktor Leisinger an die Besucherin.

Die Dame ist den Tränen nahe. Sie öffnet ihre Handtasche und entnimmt ihr ein besticktes Spitzentaschentuch, mit dem sie sich die Augenwinkel betupft.

»Sein Zustand ist wirklich nicht besorgniserregend, Frau Baronin«, tröstet der Arzt. Wenn Sie in einer Woche etwa um dieselbe Zeit wiederkommen, dann kann ich Ihnen vermutlich sagen, wann er nach Hause darf.«

Der Zug hält ruckartig.

Ich fahre hoch und frage erschrocken: »Wo sind wir?«

»In Darmstadt«, antwortet Alex. »Geht es dir gut? Hast du schlecht geträumt?«

»Wie kommst du darauf?«

»Du hast zweimal nach deiner Frau gerufen und öfter mit den Fingern gezuckt.«

»Ich habe vom Katharinenhospital geträumt.«

»Wie lange ist das her? Zehn Jahre?«

»Ja, im August 1861 lag ich dort.« Ich habe jene vier Wochen noch minutiös im Kopf, Tag für Tag und Bild für Bild.

*

In Darmstadt steigt ein junger Mann zu. Er ist sehr groß und trägt eine seltsame, mit zahlreichen Orden dekorierte Uniform. Auffällig ist der blonde Schnurr- und Backenbart, der am Kinn ausrasiert ist. Er legt seine Schirmmütze ins Gepäcknetz. Dann setzt er sich neben Alex.

Kaum sitzt er, wendet er sich an uns: »Die Herren reisen zum Vergnügen?«

»Ja«, sage ich, »und Sie sind dienstlich unterwegs?«

»Wie kommen Sie darauf«, fragt der Fremde zurück.

»Weil Sie in Uniform reisen.«

»Ich bin Fürst Gregorj Sjimborskow und reise im Auftrag der russischen Regierung.«

Alex setzt sich kerzengerade und runzelt die Stirn. »Sie sind russischer Offizier?«

»Erraten, guter Mann. Ich bin Oberstleutnant der Kavallerie.«

Alex mustert verstohlen die Uniform und die Orden, dann sagt er mit leicht ironischem Unterton, den nur ich wahrnehme, weil ich meinen Freund seit Jahrzehnten kenne: »Donnerwetter, Herr Oberstleutnant! Sie sind im Auftrag der russischen Regierung unterwegs? Habe ich das richtig verstanden?«

Der Kavallerist nickt huldvoll.

Alex ist jetzt hellwach. »Wohin fahren Sie?«

»Nach Frankfurt.«

»In welcher Mission reisen Sie?«

»Geheim, streng geheim.«

Ich frage mich, warum ein russischer Offizier in Uniform durch Deutschland reist, wenn er doch in streng geheimem Auftrag unterwegs ist. Deshalb hake ich nach: »Was gibt es in Frankfurt, was die russische Regierung interessieren könnte?«

»Mein Ziel ist natürlich Berlin, aber gewisse Umstände zwingen mich, in Frankfurt einen Zwischenhalt einzulegen.«

Alex ist hellwach. Seine Augen sprühen. Jetzt schaltet er sich wieder ein: »Ist etwas Unvorhergesehenes eingetreten?«

Der Uniformierte nickt und entnimmt seiner Uniformtasche ein Schreiben, entfaltet es und reicht es mir: »Bitte lesen Sie selbst.«

Ich lese laut: »Hiermit weise ich alle örtlichen Behörden an, Oberstleutnant Fürst Gregorj Sjimborskow in jeder Hinsicht bei der Erfüllung seiner Obliegenheiten behilflich zu sein. Personen und Institutionen außerhalb Russlands ersuche ich, unserem Abgesandten mit Rat und Tat zur Seite zu stehen, falls er Hilfe benötigt. Eventuelle Kosten und Unannehmlichkeiten wird die russische Regierung großzügig vergüten.«

»Wer schreibt das?«, will Alex wissen.

»Der Generalgouverneur von Neurussland und Odessa.« Ich blinzle Alex zu.

Alex nimmt den Brief und liest noch einmal, jetzt aber leise. Dann sagt er: »Merkwürdig! Das Schreiben ist auf Deutsch abgefasst.«

»Natürlich«, entgegnet der Offizier, »ich bin ja in Deutschland unterwegs. Aber bitte ... .« Er greift in seine Uniform und händigt mir ein zweites Schreiben aus. »Hier ist das Original auf Russisch.«

»Sie sind in Odessa stationiert?«

»Ganz richtig.«

»In welcher Kaserne?«

»In Odessa gibt es nur eine Kaserne.«

Alex hält den Kopf gesenkt. Er weiß so gut wie ich, dass es mindestens fünf Militärquartiere gibt. »Ach so«, sagt er. Seine Miene hellt sich auf.

Dann lächelt er den Zugestiegenen an und fragt honigsüß: »Und wie können wir Ihnen behilflich sein?«

»Wie kommen Sie darauf?«

»Hätten Sie uns sonst die Empfehlungsschreiben gezeigt?«

»Sie haben recht. Ich bin in einer augenblicklichen Geldverlegenheit, weil mir in Heidelberg meine Geldbörse gestohlen wurde.«

Der Fremde entnimmt seiner Brieftasche einen Kreditbrief der Bank von Odessa, ausgestellt über tausend preußische Taler. Er gibt ihn Alex.

Alex studiert eingehend das Geldpapier und reicht es dann wortlos an mich weiter.

»Wenn Sie mir hundert, besser zweihundert Taler leihen würden«, der Blick des Fremden gleitet von mir zu Alex, »überlasse ich Ihnen den Kreditbrief leihweise bis morgen. In Frankfurt werde ich zur Bank gehen und Ihnen morgen früh das Geld zurückgeben, zuzüglich einer Prämie von zwanzig Talern zu Ihren Gunsten.«

Hol dich der Teufel, denke ich, doch Alex sagt mit ausgesuchter Höflichkeit und honigsüßer Stimme: »Wir würden Ihnen zu gerne helfen, Durchlaucht, aber leider sind viele Spitzbuben und Taschendiebe unterwegs. Deshalb reisen wir mit ganz wenig Bargeld. Bei jeder Übernachtung gehen wir zur Bank und holen uns das, was wir für die nächsten Tage brauchen.«

»Deshalb schlage ich vor, Durchlaucht«, ergänze ich, »Sie begleiten uns in unser Hotel. Wir laden Sie zum Abendessen ein, besorgen uns Geld und leihen Ihnen zweihundert Taler. Einverstanden?«

»Sehr zuvorkommend, meine Herren. Sie erscheinen mir vertrauenswürdig. Ich nehme Ihre Einladung dankend an.«

Er steht auf, sieht sich wohl schon händereibend am Ziel, und steckt den Kreditbrief mit einem unterdrückten Grinsen wieder ein.

»Fein«, sagt Alex. »Einem russischen Gesandten muss man helfen, wo und wie immer man kann.«

*

In Frankfurt heuert Alex zwei livrierte Gepäckträger mit blauer Dienstmütze an, denen wir ins Hotel *Schwanen* folgen.

An der Ecke zum Goetheplatz ist die Steinstraße aufgerissen. »Hier fährt ab nächstem Jahr die Straßenbahn«, erläutert einer der Träger.

Im noblen *Hotel zum Schwanen* werden wir bereits erwartet. Bankier Kaullas von der württembergischen Hofbank habe im Auftrag der russischen Botschaft die Ankunft der noblen Gäste gemeldet, verrät der Portier.

Ich schlendere mit dem russischen Offizier durchs Haus und bewundere die moderne Gasbeleuchtung. Wir setzen uns gleich in den Speisesaal mit dem prächtigen Deckengemälde.

Alex bittet, als wir außer Sichtweite sind, den Hoteldirektor um ein vertrauliches Gespräch.

Eine Viertelstunde später setzt er sich zu uns an den Tisch.

Ich blinzele Alex zu: »Erst trinken wir etwas. Das Essen bestellen wir in einer halben Stunde. Ist dir doch recht?«

Alex nickt, und der Offizier erzählt, ein Gläschen Sherry in der Hand, wie es ihm in Odessa bei der Kavallerie ergangen ist.

Alex, der immer wieder an seinem Bordeauxwein nippt, hat viele Fragen. Ich bestelle einen Portwein und höre zu.

Und während der vorgebliche Russe von den prächtigen Boulevards in Odessa, den wunderbaren Cafés und den grandiosen Aussichten auf das Schwarze Meer schwadroniert, treten drei Herren in Zivil an den Tisch. Sie fordern den Offizier auf, ihnen unauffällig aus dem Speisesaal zu folgen, andernfalls würden sie ihm Handschellen anlegen. Dem Geheimnisträger bleiben die Boulevards und grandiosen Aussichten im Halse stecken. Er leistet keinen Widerstand.

Wenig später kommt einer der Herren an unseren Tisch zurück, stellt sich als Kriminalinspektor vor und setzt sich unaufgefordert.

»Ja, meine Herren«, beginnt er, »dank Ihrer Hilfe ist es uns endlich gelungen, einen seit Jahren steckbrieflich gesuchten Betrüger festzunehmen.«

»Und wer ist der Galgenvogel in Wahrheit?«, will ich wissen.

»Mal gab er sich als Oberstleutnant Fürst Gregorj Sjimborskow aus, mal als Graf Truchsess, mal als griechischer Fürst. Mittels gefälschter Kreditbriefe hat er bei etlichen deutschen Bankhäusern und zahlreichen Geschäftsleuten bedeutende Summen erschwindelt. In Wahrheit ist er der Sohn eines Karlsruher Bäckers, der nach einem Streit mit seinem Meister der Lehre entlaufen ist. Seit Mitte der sechziger Jahre tritt er in der Eisenbahn, in Hotels und bei Geschäftsleuten großspurig auf, vor allem gegenüber Frauen, und erzählt dreiste Lügengeschichten.«

Alex und ich sehen uns lachend an.

Der Polizist lacht jetzt auch: »Wie sind Sie, meine Herren, dem Kerl auf die Spur gekommen?«

»Er behauptete«, sagt Alex, »er sei russischer Kavallerieoffizier. Ich bin selbst Kavallerieoffizier, aber in württembergischen Diensten. Zuvor war ich jedoch Offizier in der Zarenarmee. Ich kenne mich also mit Uniformen und Orden aus. Darum ist mir gleich aufgefallen, dass der Bursche kostümiert und nicht uniformiert war und falsche Orden trug.«

»Und mir ist aufgefallen«, füge ich hinzu, »dass der Gauner uns mit einem Kreditbrief aus Odessa hereinlegen wollte. Weil ich selbst ein Konto bei dieser Bank in Odessa hatte, konnte ich mit einem Blick feststellen, dass der Name der Bank falsch geschrieben und die Adresse frei erfunden sind.«

Alex fragt: »Verraten Sie uns, wie es nach Ihrer Erfahrung möglich ist, dass ein solcher Schwindler jahrelang sein Unwesen treiben kann?«

Der Inspektor denkt ein Weilchen nach. Dann sagt er: »Uniformen und Orden wirken auf Männer, vor allem auf Zivilisten. Und Frauen erliegen dem dämonischen Zauber, der von Männern mit stattlicher Figur ausgeht, und verfallen der abenteuerlichen Romantik fahrender Glücksritter.«

Anderntags sitzen Alex und ich beim Frühstück, als der Portier einen Herrn an ihren Tisch begleitet. Er stellt sich als Polizeidirektor vor.

»Glückwunsch, meine Herren!«, sagt der Neuankömmling und will sich nicht setzen. »Sie haben Großartiges geleistet und sich die Belohnung von hundert Talern redlich verdient.«

Ich kann nicht mehr an mich halten. Ich biege mich vor Lachen und schlage mit der Hand auf den Tisch, dass Tassen und Teller tanzen. »Hab ich's nicht gesagt? Wir gönnen uns diese schöne Reise und verdienen auch noch Geld damit!«

Kassel und Göttingen,
August 1872

Zwei Tage später, wir sitzen im Zug nach Kassel, fragt Alex unvermittelt: »Und bist du jetzt glücklich?«

»Ach, Alex! Glück ist ein großes Wort. Als ich den letzten Pinselstrich auf mein Bild setzte, war ich für einen Augenblick glücklich. Aber aufs Ganze gesehen bin ich... « Ich muss nachdenken. »Gelassen, ja, gelassen ist das richtige Wort.«

»Das freut mich. Ich hoffe, es bleibt so.«

Mir fällt ein, dass man mir in der Kindheit beigebracht hat, jeder sei seines Glückes Schmied. Aber kann das sein?

Odessa kommt mir wieder in den Sinn. Fast auf den Tag genau vor sechsundfünfzig Jahren hat mich ein russischer Militärkonvoi nach Neurussland verfrachtet. Im Abendrot haben Odessa und das Meer in der Ferne aufgeleuchtet, als wir uns dem Ziel näherten. Ich habe die Stadt in den nächsten Tagen kreuz und quer durchstreift. Eine moderne, pulsierende, internationale Stadt, in der alle Sprachen und alle Religionen zuhause waren.

Noch am späten Abend der Ankunft hat mir Generalfeldmarschall Graf Langéron eröffnet, ich sei nicht der kleine Lithograf Eugen Maron, der die damals erste und einzige Fachschule in München absolviert hat, sondern in Wahrheit der reiche und mächtige Fürst Ewgenij Aleksej Samarow. Und den Reichtum, der mir in dieser einen Sekunde zufiel, habe ich mit vielen gefälschten Rubelscheinen weiter vermehrt. Aber das weiß zum Glück niemand. Und ich werde das Geheimnis mit ins Grab nehmen.

Insofern bin ich nur zum geringsten Teil der Schmied meines Glückes. Vielmehr bin ich, ohne eigenes Zutun, von einem Augenblick zum nächsten in einer anderen, einer besseren Welt gelandet, der Welt der Reichen und Mächtigen. Und nichts, rein gar nichts habe ich dazu beigetragen. Ein Fingerschnipsen, und mein neues Leben ist einfach da gewesen. Ein Wunder!

Ich schaue zum Fenster hinaus, nehme aber die vorbeiziehende Landschaft nicht wahr und wähne mich in meinem Atelier. Vor zehn Jahren habe ich es tagelang gemieden, weil ich mich nach dem Aufenthalt im Hospital noch nicht kräftig genug fühlte. Schließlich fasste ich mir ein Herz, betrat es voller Vorfreude, wieder malen zu dürfen, musste aber enttäuscht feststellen, dass ich fast alle blauen Farben aufgebraucht hatte.

Ohne Blau konnte ich nicht malen, war das doch die häufigste Farbe, die ein Landschafts- und Porträtmaler benötigt. Himmel, Wolken, Wasser Schnee, die Ferne und die Schattenpartien schimmern blau. Und für alles, was auf einem Porträt sympathisch, harmonisch oder voller Sehnsucht und Stille dargestellt werden soll, ist Blau die allererste Wahl.

Ich ließ mich in einen Sessel fallen. Was nun? Fertige Farben gab es nirgendwo zu kaufen; man musste sie selbst herstellen. Doch das konnte und wollte ich mir noch nicht zumuten.

Ich überlegte hin und her. Schließlich bat ich meine Frau, Professor Vogel aufzusuchen, mit dem ich befreundet war. Vogel könnte einen Ausweg finden, lehrte er doch damals Landschaftsmalerei an der privaten Kunstschule.

Meine Frau machte sich sofort auf den Weg, wie immer adrett gekleidet. Unterwegs schaute sie in der Konditorei Wagner auf der Königsstraße vorbei und kaufte eine Linzertorte, die für ihr köstliches Mandelaroma in der ganzen Stadt berühmt war. Mit der Tortenschachtel in der Hand betätigte sie das Glöckchen an der Haustür des bekannten Kunstprofessors. Die Hausdame öffnete und führte meine Frau ins Arbeitszimmer des Hausherrn.

Vogel, der gerade am Schreibtisch saß, Zeitung las und eine Zigarre rauchte, sprang von seinem Stuhl auf, begrüßte meine Frau mit einem Handkuss, wie immer, und fragte besorgt: »Frau Baronin, was führt Sie zu mir?«

Sie überreichte ihm die Schachtel mit den Worten: »Eine Linzertorte für Sie, Herr Professor. Als

Sie uns im Frühjahr mit Ihrem Besuch beehrten, hat Ihnen gerade diese Torte besonders gut geschmeckt.«

Er dankte und rückte ihr einen Sessel zurecht. Sie nahm Platz und schilderte meine Notlage.

Vogel hatte von meinem Unfall gehört und bot sofort seine Hilfe an. Gleich morgen früh werde er einen seiner besten Studenten bitten, mich aufzusuchen und mir die schwere Arbeit des Farbenanreibens abzunehmen.

Meine Frau dankte überschwänglich. »Natürlich nur gegen gute Bezahlung!«, fügte sie an, und Professor Vogel nickte beifällig.

Als Jonathan, so hieß der Student, anderntags am Portal klopfte, wurde er schon erwartet. Das Hausmädchen führte ihn schnurstracks ins Atelier, wo ich, in eine Decke gehüllt, in einem Sessel saß und erwartungsvoll in den Garten hinaussah.

»Willkommen!« Ich legte die Decke beiseite. »Sie schickt der Himmel.« Ich stand auf und gab dem jungen Mann die Hand. »Haben Sie schon einmal Farben angerieben?«

»Aber ja.« Jonathan saß sich neugierig im Atelier um. Immerhin galt ich als einer der bedeutendsten Maler im Königreich.

Ich schloss den breiten Schrank auf. »Voilà, mein Giftschrank.«

Der junge Mann zuckte zurück.

Ich klärte ihn auf. Weil einige Pigmente giftig

seien und Reizungen und Atembeschwerden verursachen könnten, hätte ich meinen Kindern, als sie noch klein waren, nachdrücklich verboten, den Schrank zu öffnen. »Das ist ein Giftschrank!«, habe ich Andrej, meinem Ältesten, mit erhobenem Zeigefinger gesagt, woraufhin der einen großen Bogen um den Schrank machte.

Ich entnahm einer Schublade einen Reibestein, einen Glasläufer und ein langes Palettmesser, legte alles auf den großen Tisch in der Mitte des Ateliers und wandte mich der offenen Regalwand zu.

Dort standen viele beschriftete, verschlossene Dosen aus Steingut oder Porzellan, wie sie die Apotheker benützten. Alle waren mit farbigen Etiketten beklebt, beschriftet und nach Farben sortiert, von Weiß über Gelb, Rot und Blau bis zu Braun und Schwarz.

»Darin bewahre ich meine Pigmente auf«, erläuterte ich dem jungen Mann. »Die hat mir der Apotheker besorgt. Ich kaufe nur fertige Pigmente, zerstoßene und fein geriebene Pflanzenextrakte, Erden und Steine, damit ich mir das Mörsern ersparen kann.«

Ich stellte mich vor das Regal und las vor: »Ocker und Umbra, Zinnober und Azurit aus Frankreich. Malachit aus Ungarn. Grünspan und Krapp aus den Niederlanden. Karminrot aus Polen. Bleiweiß, Mennige und Bleizinngelb aus deutschen Bergwerken im Harz und im Erzgebirge. Aber das wissen Sie vermutlich.«

Jonathan nickte, und ich stellte alle Dosen mit blauem Etikett auf den Tisch.

»So, mein Freund«, sagte ich und reichte ihm meinen Lederschurz, »bitte binden Sie den um, damit Ihre Kleidung nicht beschmutzt wird.«

Dann entnahm ich dem Schrank eine Flasche Leinöl und bat Jonathan, mit der Farbe Zirkon zu beginnen, denn diese fehlte mir schon lange.

»Wie Sie wissen, sind Mohnölfarben zwar buttrig, aber trocknen langsam. Deshalb verwende ich meistens Leinöl zum Farbenanreiben, dann trocknet der Farbteig schneller.«

Wieder nickte der Kunststudent, band den Schurz um und begann mit der Arbeit. Er legte eine Zeitung auf den Tisch, setzte die steinerne Anreibeplatte darauf, schüttete ein wenig Zirkonpigment aus der Dose auf die Platte und gab etwas Öl dazu. Er vermengte Pigment und Öl mit dem Palettmesser und träufelte noch etwas Öl darüber, bis der Farbbrei körnig war.

Jetzt kam der schwerste Teil des Farbenmachens, das eigentliche Anreiben. Mit dem gläsernen Läufer verrieb er mit kreisenden Bewegungen und leichtem Druck den Farbteig. Von Zeit zu Zeit schob er die Masse mit dem Palettmesser wieder zusammen und kratzte auch die Sohle des Läufers ab. Allmählich wurde der Teig durch das viele Reiben und Drücken feiner und cremiger. War er zu flüssig oder zu trocken, gab Jonathan Pigment oder Öl hinzu, bis es unter dem Läufer nicht mehr knirschte und die gewünschte Konsistenz erreicht war.

»Gelernt ist gelernt«, lobte ich und verfolgte aufmerksam das Anreiben. »Verraten Sie mir, warum Sie eine Zeitung unter die Anreibeplatte gelegt haben?«

»Ohne Zeitung weicht sie meinem Druck aus und wandert über den Tisch«, antwortete Jonathan. Mit dem Handrücken strich er sich über die Stirn, denn er war ins Schwitzen gekommen.

»Jetzt habe ich schon so oft Farben angerieben«, staunte ich, »aber den Trick hat mir noch keiner verraten.«

Ich entnahm dem Schrank ein paar verschließbare Gläser, die der Apotheker geliefert hatte.

Jonathan sah mich fragend an.

»Ja, ich weiß«, erläuterte ich, »in England benützt man schon Zinnröhrchen für Ölfarben. Aber ich bevorzuge nach wie vor diese Gläschen, um die fertigen Farben aufzubewahren.«

Jonathan nahm eines, streifte die fertige Farbe mit dem Palettmesser hinein und schraubte es zu.

*

Wir fuhren auf Gleis 3 in den Hauptbahnhof von Kassel ein, nagelneu und nach dem Vorbild des Münchner Bahnhofs erbaut.

Er ist so groß, dass alle umsteigenden Reisenden lange Wege in Kauf nehmen müssen. Will man einen Zug nach Norden erreichen, muss man durch die Fahrscheinkontrolle an der Bahnsteigsperre, dann zum Querbahnsteig gehen und bei der zweiten Bahnsteigsperre den Fahrschein erneut vorzeigen.

Glücklicherweise wissen wir Bescheid. Der Schaffner hat uns schon im Frankfurter Zug auf das beschwerliche Umsteigen, aber auch auf die Verpflegungsstation im Bahnhof hingewiesen.

Als der Zug hält, rufen wir einen Gepäckträger herbei, der uns zielsicher durch die erste Bahnsteigsperre und zur Bahnhofsgaststätte führt, wo eiligen Reisenden Bockwürste und Bier durchs Fenster verkauft werden. Wir essen und trinken im Stehen, laden auch den Gepäckträger zum Vespern ein und stiefeln dann zum Zug nach Göttingen.

Dort angekommen, geleiten uns zwei Dienstboten zu einem Hotel in der Allee-Straße, Ecke Untere Masch-Straße.

»Hier haben schon viele berühmte Leute logiert«, sagt der eine Dienstmann.

»Ja«, ergänzt der andere, »sogar König Georg von Hannover ist hier öfter abgestiegen.«

Das Hotel, ein historisches Rittergut, zählt zu den renommiertesten Häusern und hat fünfundfünfzig Gästezimmer. Im Kellergewölbe ist der Speisesaal, zugleich ein weithin bekanntes Restaurant.

Nach dem Frühstück besichtigen wir die historische Altstadt. Wir bestaunen zahlreiche sehenswerte Fachwerkhäuser aus Gotik, Renaissance und Barock und ein besonders prächtiges Rathaus. Sehr schöne Geschäfte und Cafés umrahmen den Marktplatz. Unweit des Rathauses ist die Kirche St. Johannis. Ihr wohl bekanntester Hingucker sind die beiden unterschiedlich gestalteten Kirchtürme.

Ein Mann sitzt vor einem der Türme und bietet uns eine Führung an. »Von da oben haben Sie einen wunderschönen Blick auf ganz Göttingen und Umgebung«, preist er wortreich seine Besichtigungstour an.

»Nix für uns zwei alte Knacker!« Ich gehe weiter. Alex mault, die Aussicht von da oben wäre schon aller Mühe wert gewesen.

Der Hunger treibt uns ins Hotel zurück. Zum Mittagessen bietet es ein Table d'hôte, ein einziges Menü, das keine Abweichungen zulässt: Gemüsesuppe, Rindfleisch in Meerrettichsoße mit Salzkartoffeln, zum Nachtisch einen Kaiserschmarrn mit Pflaumenkompott.

*

Als wir den Speisesaal im Kellergewölbe betreten, ist nur noch ein größerer Tisch frei, den uns der Oberkellner anbietet. Wir nehmen Platz.

Kaum sitzen wir, steht eine Dame unter der Tür,

die sich suchend nach einem freien Tisch um-
schaut.

»Bedauere sehr«, sagt der Oberkellner, »allenfalls
den Tisch der beiden Herren, die gerade gekommen sind, könnte ich Ihnen anbieten, sofern Sie
einverstanden sind.«

Die Dame nickt huldvoll, und so fragt uns der
Oberkellner, ob wir Madame Pawlowska, eine Millionärin aus Polen, an unserem Tisch akzeptieren
würden.

»Eine Polin«, sagt Alex bewundernd, »sehr inter-
essant, diese Polinnen.«

Madame Pawlowska ist eine blendende Erschei-
nung, zwar über die ersten Jugendjahre hinaus,
aber pikant und feurig. Ihre Toilette verrät die reiche Dame von Welt und eine gewisse weibliche
Kühnheit. Goldschmuck trägt sie weder um den
Hals noch um die Handgelenke. Nur ein funkeln-
der Ring schmückt ihre linke Hand.

Wir erheben uns von unseren Plätzen und begrü-
ßen sie mit einer devoten Geste. Daraufhin lässt sie
sich huldvoll auf dem angebotenen Stuhl nieder.

Schon sind wir im eifrigsten Gespräch. Sie erzählt von Warschau, Petersburg und Moskau. Sie
spricht gut Deutsch und mit lebhafter Mimik und
Gestik. Dass dabei der Brillantring an ihrem Finger
zur besonderen Geltung kommt, ist wie selbstverständlich.

Bald wird man auch an den Nachbartischen aufmerksam. Man bewundert die Dame und insbesondere den prachtvollen Stein am Ring. Ein Herr, der hinter mir sitzt, kann nicht länger an sich halten: »Gnädige Frau, würden Sie mir wohl gestatten, Ihren wunderbaren Ring in Augenschein nehmen zu dürfen?«

»Mit dem größten Vergnügen!« Sie streift den Ring vom Finger und überreicht ihn lächelnd dem Herrn. Dieser betrachtet den strahlenden Edelstein mit wahrem Entzücken und schwört, nie etwas Ähnliches gesehen zu haben. »Ein Erbstück Ihrer Familie?«, fragt er.

»Keineswegs«, sagt sie gelassen, »ich trage ihn nur der Kuriosität wegen.«

Allgemeine Neugier und Ratlosigkeit.

»Ich habe den Ring von einem böhmischen Glasschleifer erstanden. Er hat, wie Sie selbst sehen, eine Goldfassung, ist aber ansonsten nichts wert.«

»Unmöglich!«, mischt sich Alex ein, »das kann nicht sein!« Der Herr vom Nebentisch pflichtet ihm bei.

»Der Stein ist und bleibt falsch«, beharrt die Pawlowska und nimmt den Ring wieder an sich.

»Würden Sie mir und dem Herrn an Ihrem Tisch Ihr Schmuckstück für ein paar Minuten anvertrauen?«, fragt der Tischnachbar. »Gleich neben dem Hotel ist ein Juwelier. Diesem möchte ich den Diamanten zeigen und sein Urteil einholen.«

»Mit größtem Vergnügen.« Die Polin sieht Alex

in die Augen und lächelt ihn an. Dann gibt sie ihm den Ring. »Wie ich schon sagte, ist der Stein nichts wert. Ich vertraue Ihnen. Außerdem können die Leute um uns herum jederzeit bezeugen, dass ich Ihnen den Ring gegeben habe.«

Wenig später sind Alex und der fremde Herr wieder zurück.

»Und?«, frage ich.

»Der Stein ist echt, sagt der Juwelenhändler.« Alex wird sehr nachdenklich. In ihm arbeitet es.

Die Pawlowska lacht und winkt verächtlich ab. »Der Juwelenhändler versteht sein Handwerk nicht!«, entrüstet sie sich. »Der Stein ist falsch!«

»Verkaufen Sie ihn mir für fünfhundert preußische Taler?« Der Mann vom Nebentisch ist aufgesprungen.

»Achthundert biete ich,« hält Alex dagegen.

»Neunhundert!«

»Tausend!« Alex ist jetzt sehr erregt. »Ich biete tausend preußische Taler!«

Der Mann vom Nebentisch zögert, dann sagt er resigniert: »Ich gebe mich geschlagen.« Er setzt sich.

Die Pawlowska schüttelt fassungslos den Kopf. »Mein Herr«, sagt sie zu Alex, »Sie wollen, dass ich Ihnen einen falschen Stein für so viel Geld verkaufe?«

Alex lacht: »Gewiss, Madam.«

»Dann nehme ich all die Leute hier zum Zeugen,

dass Sie wissentlich von mir einen, wie ich nochmals betone, wertlosen böhmischen Glasstein für tausend Taler kaufen wollen.«

Alex nickt. Sie willigt zögernd ein und schlägt vor, sie um vier Uhr im Café Wolter zu treffen, das ein paar Häuser weiter in Richtung Innenstadt liegt.

»Bist du verrückt geworden?«, zische ich meinen Freund an, als wir den Speisesaal verlassen.

»Im Gegenteil. Der Juwelier wollte ihn sofort haben. Tausendfünfhundert Taler hat er geboten. Jetzt kaufe ich den Ring, und morgen früh verkaufe ich ihn weiter an den Juwelier oder schenke ihn meiner Tochter als Mitbringsel.«

*

Nach einem erholsamen Mittagsschläfchen gehen wir zur Bank, lösen einen Wechsel ein und lassen uns elfhundert preußische Taler ausbezahlen.

Vor dem *Café Wolter* treffen wir auf die Millionärin. Gemeinsam betreten wir das Etablissement. Es ist im Biedermeierstil eingerichtet. Dicke Teppiche, viel Plüsch, dämmeriges Licht, mit rußenden Petroleumlampen notdürftig beleuchtet. Schon beim Eintreten riecht man das Petroleum. Nur wenige Tische sind besetzt.

Die Pawlowska steuert eine schummrige Eckbank an und erwähnt, bevor sie sich setzt, sie müsse leider schon bald aufbrechen, weil ihre Schneiderin auf sie warte.

Uns war das gerade recht, wollten wir doch noch durch den berühmten Botanischen Garten promenieren.

Die Millionärin bittet um einen süßen Sherry, Alex und ich bestellen Kaffee und etwas Gebäck.

Die Polin sprüht vor Lebenslust. Sie redet in einem fort, erzählt von Warschau und berichtet von vornehmen Herren, die sie demnächst treffen werde.

»So«, sagt sie unvermittelt, »ich muss jetzt leider gehen.«

Alex gibt ihr diskret einen Umschlag: »Da sind die versprochenen tausend Taler drin.«

Sie prüft mit einem kurzen Blick den Inhalt des Umschlags, zieht den Ring vom Finger und übergibt ihn an Alex. »Möge er Ihnen Glück bringen, mein Herr.« Dann steht sie abrupt auf, dankt für den Sherry und lässt sich von Alex zur Tür geleiten.

Ich habe schon öfter die Gewächshäuser der Wilhelma in Stuttgart besuchen dürfen, die für das Publikum geschlossen und nur der königlichen Familie und ihren Gästen vorbehalten sind. Vor fünfundzwanzig Jahren hat König Wilhelm die Wilhelma aus Anlass der Hochzeit seines Sohnes Karl mit der Zarentochter Olga eingeweiht.

Der Botanische Garten in Göttingen, vor bald hundertfünfzig Jahren als Medizingarten gegründet, ist weltberühmt und für Besucher geöffnet. Ich habe schon viel über ihn gelesen und gehört, aber was ich jetzt sehe, übertrifft alle meine Erwartungen. Über zehntausend Pflanzenarten aus der ganzen Welt gedeihen in Freilandbeeten und Gewächshäusern. Zahllose, hierzulande unbekannte exotische Pflanzen blühen in allen Farben und verströmen einen betörenden Duft. Dazu allerlei Kakteen, andere Sukkulenten, über hundert verschiedene Farne, Sumpf- und Wasserpflanzen und ein mit Zierfischen besetzter großer Teich sowie ein Alpengarten.

Zu Abend essen wir im *Schwarzen Bären* in der Kurzen Straße mitten in der Altstadt. Um uns herum lärmen viele Studenten, die meisten in farbenprächtigen Uniformen. Über dreißig studentische Landsmannschaften und Corps gebe es in Göttingen, berichtet der Wirt auf Nachfrage. Und in einem Nebenzimmer tage jeden Freitagabend der Bärenklub, ein geselliger Verein von Gelehrten der hiesigen Universität. Nach einem Vortrag diskutierten die Herren Professoren bei viel Bier und Wein das Gehörte bis zur Sperrstunde.

Nach dem Frühstück am nächsten Morgen eilt Alex zum Juwelier ins Nachbarhaus.

»Das ist nicht der Ring von gestern«, sagt der Goldschmied und runzelt die Stirn. »Der Form nach schon, aber dieser Stein ist nicht echt. Das ist ein sogenannter böhmischer Diamant, ein kunstvoll geschliffener Glasstein. Ich biete Ihnen zwanzig Taler. So viel ist das Gold wert.«

Wütend steckt Alex den Ring ein und eilt ins Hotel zurück.

»Ist die Pawlowska da?«, schnauzt er den Portier an.

»Madame ist abgereist.«

Alex dämmert es, dass die angebliche Polin außer ihrem echten Ring noch eine ganze Anzahl guter Imitate in ihrem Gepäck hatte.

Hamburg, August 1872

Im Zug nach Hamburg drückt sich Alex zerknirscht in seine Polster.

»Wenn du den Portier nach dem Herrn gefragt hättest, der mit dir beim Juwelier war, dann würdest du wohl erfahren haben, dass der auch über alle Berge ist.«

Alex sieht demonstrativ zum Fenster hinaus.

»Der und die Polin, die gehören zusammen«, lache ich ihn an. »Und schon heute zieht das dubiose Pärchen wieder einen Dummen über den Tisch.«

Alex wirft mir einen giftigen Blick zu.

Ich vertiefe mich in meine Zeitung. Nach einer Weile necke ich ihn wieder: »Vielleicht tröstet dich das.«

Alex antwortet nicht. Er sieht mich nur grimmig an.

»In einer Bank in Lüttich hat am Donnerstag ein Bote einer Aktiengesellschaft 30 000 Francs empfangen, und zwar 20 000 in Scheinen, den Rest in Goldmünzen. Kaum mit dem Zählen der Münzen fertig, waren die 20 000 Francs in Scheinen verschwunden. Bei dem Andrang, der an der Kasse herrschte, sei es nicht möglich, eine Spur des Diebes zu ermitteln, teilte die örtliche Polizei mit.«

Alex verzieht keine Miene.

»Und wie wär's mit einem lustigen Gedicht, mein Lieber? Seit König Wilhelm I. von Preußen im Spiegelsaal des Schlosses von Versailles im Januar zum Deutschen Kaiser ausgerufen wurde, will man in Berlin demnächst die deutsche Mark als Währung und das Zehnersystem bei den Maßen und Gewichten einführen.«

Alex blickt zum Fenster hinaus. Ich lese trotzdem vor:

»*So leb denn wohl, du Elle, Pfund,*
du Loth, du Metze, Scheffel und
du Klafter und du Achtel mein,
es muss, es muss geschieden sein.
Was kann ich machen, armes Lamm?
Nun komm, du Kilo-, Dekagramm.
Du Dezi-, Zenti-, Milligramm,
hier steh ich, ein entlaubter Stamm.
Du Meter, der du nennst dich Stab,
was willst du von mir, sag?
Du Zenti-, Milli- und auch du,
du Dekameter, tritt herzu.
Ich sage euch: Wenn mein Haar bleich
noch vor der Zeit – die Schuld trifft euch.
Euch hass ich drum mein Leben lang.
Verderben, jetzt geh deinen Gang!«

Alex bleibt stumm und sieht weiter zum Fenster hinaus.

»Jetzt red schon!«

Er seufzt: »Wenn das meine Familie erfährt und in Stuttgart bekannt wird, dann ...«

»Was dann?«

»Dann bin ich erledigt! Die Leute werden sich das Maul zerreißen!«, giftet er mich an.

Ich versuche, ihn zu beruhigen: »Und wenn wir's für uns behalten?«

»Bei tausend Talern«, poltert er los, »bin ich Rechenschaft schuldig!« Und etwas kleinlaut: »Spätestens dann kommt heraus, dass ein windiges Weibsbild mich über den Tisch gezogen hat.«

Ich halte ihm lachend die Hand hin: »Den Ring bitte! Ich kaufe ihn dir ab. Für tausend Taler!«

»Und was sagt deine Familie dazu, wenn du beichten musst, dass tausend Taler fehlen?«

»Niemand wird je etwas erfahren. Meine Frau und ich haben unsere Kinder längst ausbezahlt. Und was ich mit meinem Geld mache, interessiert meine Frau nicht. Also her mit dem Ring! Sobald wir zuhause sind, kriegst du tausend Taler von mir.«

Die quälenden Gedanken fallen mir ein, die mir schon in vielen Nächten den Schlaf geraubt haben: meine Marie Claire erkaltet, leichenblass, starr und in ihren Armen das totgeborene Kind. Ohne Alex hätte ich damals nicht überlebt.

Alex zieht den Ring aus der Jackentasche und legt ihn mir auf die ausgestreckte Hand.

»Ab jetzt kein Wort mehr davon! Du hast so viel für mich getan und mich damals, du weißt schon, aus meiner größten Not befreit.« Ich stecke das falsche Schmuckstück ein und lehne mich in meinen Sitz zurück. Ich bin müde.

*

Ich muss wohl eingeschlafen sein, denn ich träume von jenem Tag vor zwanzig Jahren, als wir unser Vermögen auf unsere Kinder verteilt haben.

An einem strahlenden Sommertag sagte ich zu meiner Frau: »Wir sollten unser Hab und Gut auf die Kinder überschreiben und uns von vielem trennen, was sich im Lauf der letzten Jahre angesammelt hat.«

Sie war sofort einverstanden.

Wir haben unsere drei Kinder samt Ehepartnern eingeladen und uns im Garten der Villa um den runden Tisch gesetzt. Es war ein sonniger Sonntagnachmittag.

Zunächst plauderten wir über das Wohnen in Stuttgart im Allgemeinen und die Lage der Villa im Besonderen. Die Landeshauptstadt hatte sich in den letzten Jahren im Talkessel in südlicher Richtung ausgedehnt. Bald würde das ganze Nesenbachtal mit mehrgeschossigen Gebäuden und Straßen zugepflastert sein, vorwiegend mit Mietskasernen und Gewerbebetrieben. Sogar bis zum

Weiler Heslach reichten die Häuserzeilen schon heran. An den Hängen entlang des Hasenbergs und der Karlshöhe bis zum Bopser standen lauter neue Villen und Landhäuser. Überall wurde gebaut. Parallel zur Alten Weinsteige, die aus dem Talkessel auf die Höhe hinaufführte, hatte man eine zweite Straße angelegt, die Neue Weinsteige, weil die alte Straße den Verkehr nicht mehr bewältigen konnte. Und ganz in der Nähe unseres Hauses, in der Schlossstraße, hatte die Königlich Württembergische Staatseisenbahn einen Bahnhof errichtet. Stuttgart platzte aus allen Nähten.

»Verkauf das Haus, Papa, und bau in einer ruhigeren Gegend ein neues«, riet Andrej, mein älterer Sohn. »Sie haben euch einen Bahnhof vor die Nase gesetzt. Nächsten Monat sind die Eisenbahnlinien nach Heilbronn und Ulm-Friedrichshafen fertig. Dann wimmelt es hier schon bald von Reisenden aus allen Himmelsrichtungen. Und aus ist's mit der Ruhe ums Haus.«

»Ich bleibe! Basta!«

Meine Frau pflichtete mir bei: »Anfangs war's hier langweilig, öd und leer. Ich mag es, wenn ein bisschen Leben in dieses verschlafene Nest kommt.«

»Wenn wir schon bei den Veränderungen sind«, sagte ich, »dann will ich euch in unsere Überlegungen einweihen, denn die werden euch viele Neuerungen bescheren.«

Die drei jungen Paare schauten sich erstaunt und besorgt an. Sie fürchteten nichts Gutes.

»Ich gehe stramm auf die sechzig zu«, begann ich. »Deshalb haben wir uns überlegt, was werden soll, wenn ich einmal nicht mehr bin. Es geht also, wie unschwer zu erraten, um das Familienvermögen.«

Während meine Frau Kaffee nachschenkte und selbst gebackenen Nusskuchen verteilte, erklärte ich: »Wir möchten jedem Erbschaftsstreit vorbeugen. Darum haben wir entschieden, unser Vermögen zu verteilen und diese Verteilung notariell von euch besiegeln zu lassen.«

Die Kinder waren sprachlos, aber ihre Mutter erinnerte daran, dass die vielen Besitztümer auch eine Last seien, die sie und ich endlich loswerden wollten.

»Kurz und gut«, bestimmte ich, »du, Andrej, übernimmst die Villa in Odessa, die Güter in Wossinsk, die Getreidespeicher und die Spinnerei in Odessa. Du, Kristina, bekommst das Haus am Marktplatz in Heilbronn, ein Drittel unseres Barvermögens und die Goldmine. Und du, Konstantin, erhältst das zweite Drittel des Barvermögens, die Kupfermine und das lithografische Atelier in Stuttgart. Lasst meinen Vorschlag auf euch wirken und behaltet bitte eure Meinungen zunächst für euch. Guten Appetit.«

Wir tranken und aßen schweigend. Doch ich sah sehr wohl, dass die jungen Leute sich fragende Blicke zuwarfen.

Nach einer Weile ergriff ich erneut das Wort: »Ich habe unser Vermögen von der Staatsbank in Odessa und unserer Hausbank hier in Stuttgart schätzen lassen. Beide Institute stimmen überein, dass die drei Erbteile etwa gleich viel wert sind. Außerdem war zu berücksichtigen, was bei unserer Hochzeit festgelegt wurde: In Bezug auf das fürstliche Vermögen in Russland ist nur Andrej erbberechtigt, weil das vom russischen Recht so vorgeschrieben ist. Deshalb habe ich, wie ihr ja wisst, die Gold- und Kupferminen auf meine liebe Frau übertragen und von der Staatsbank in Odessa auf die hiesige Hofbank transferieren lassen, wodurch beide dem Zugriff des russischen Staates entzogen sind.«

Ich wollte es spannend machen, aß ein Stück Kuchen und nahm einen Schluck aus meiner Tasse. Dann wischte ich mir den Mund mit der Serviette.

»Dein Teil, lieber Andrej, liegt ausschließlich in Neurussland, in Wossinsk und in Odessa. Das könnte nahelegen, dass du, Andrej, mit deiner Familie nach Odessa umsiedelst. Rede mit deiner Frau. Aber letztlich ist das eure Entscheidung. Du hast Kaufmann gelernt und kannst mit Geld umgehen. Mit Olivier Besson als Gutsverwalter in Wossinsk und mit Christian Hartmann als Bevollmächtigter in Odessa hast du zwei vorzügliche Mitstreiter. Ihnen kannst du von Stuttgart aus oder direkt vor Ort in Odessa Weisungen erteilen. Vorsorglich habe ich mit Fürst Alexander Michailowitsch Gortschakow gesprochen, den russischen Gesandten, der drüben in der Königsstraße residiert. Ihr kennt ihn, weil wir oft zusammen Schach spielen. Ihn habe ich konsultiert. Er würde dir, lieber Andrej, und deiner Frau alle Wege ebnen, falls ihr euch für Odessa entscheiden solltet.«

Ich sah, dass Andrejs Frau sofort Feuer und Flamme war, hatte sie doch schon viel von der reichsten Stadt Russlands gehört, die inzwischen zur Weltmetropole herangewachsen und, anders als Sankt Petersburg, ganz dem internationalen Leben verschrieben war. Andrej, auch das bemerkte die Tafelrunde, zögerte noch.

Ich grinste in mich hinein. Andrejs Frau war Russin. Sie würde Himmel und Hölle in Bewegung setzen, ihren Mann umzustimmen.

Ich wandte mich nun an meine Tochter: »Dein Anteil, liebe Kristina, dürfte dir und deinem Mann sehr gelegen kommen, denke ich. Ihr wollt in Heilbronn ein Haus bauen, und dein Mann möchte eine Textilfabrik gründen. Den Hausbau könntet ihr euch schenken, wenn ihr ins prächtige Haus am Marktplatz zieht, aber das entscheidet ihr. Das Startkapital kommt euch gewiss gelegen. Und die Mine könnt ihr behalten oder verkaufen. Das ist dann eure Sache.«

Die strahlenden Gesichter der Angesprochenen bewiesen, dass ich ins Schwarze getroffen hatte.

»Und nun zu dir, lieber Konstantin. Ich denke,

dass auch du mit meinem Vorschlag höchst zufrieden bist. Du bist ausgebildeter Lithograf wie ich. Du arbeitest bereits in unserer Kunstwerkstatt. Jetzt gehört sie dir. Mit dem Geld von der Bank und aus der Kupfermine kannst du die Werkstatt erweitern und dir einen Namen auf dem Kunstmarkt machen.«

»Und was bleibt dann dir und Mama?«, fragte Konstantin irritiert.

»Wir behalten ja noch ein Drittel unseres Barvermögens und dieses Haus«, sagte ich lachend. »Außerdem wollen wir uns Luft für unser künftiges Leben verschaffen. Viel zu viel Plunder hat sich mit der Zeit angesammelt. Manchmal denke ich, wir leben in einem Museum. Es wird hohe Zeit, dass wir uns von vielem trennen. Nicht nur von Gold- und Kupferminen, von Äckern und Wiesen, von Geld und anderen Besitztümern. Auch von Nippes und Porzellan und all den vielen Staubfängern. Weniger ist mehr. Aber das haben wir erst mit fortschreitendem Alter begriffen.«

Meine Frau lächelte in die Runde und meinte: »Für uns reicht es immer noch für ein schönes Leben.«

Und ich voller Stolz: »Außerdem will ich jeden Monat ein Bild malen. Allein das bringt mehr ein, als wir ausgeben können.«

*

»Hat Hamburg nur einen Bahnhof?«

»Wo denkst du hin«, winkt Alex ab. »Wir kommen am Dammthor-Bahnhof an. Gleich nebenan ist unser Hotel, der *Dänische Hof,* und eine Filialbank der Kaullas. Und um die Ecke sind Binnenalster, Stadttheater und Rathaus.«

Nach einer Nacht, in der ich lange wach lag, besteigen wir am nächsten Tag eine Kutsche.

»Wo wollen Sie hin?«, fragt der Kutscher.

»Zum Hafen!«, sagt Alex.

Der Kutscher lacht. »In Hamburg gibt es viele Häfen. Niederhafen, Binnenhafen, Sandthorhafen, Holzhafen, Oberhafen, um nur ein paar zu nennen. Also was wollen Sie sehen?«

»Die großen Dampfschiffe!«

»Warum nicht gleich so?«, murrt der Fuhrmann und fährt los.

Unterwegs belehrt er uns, dass Hamburg eine Weltstadt sei, in der man immer präzise sagen müsse, was man will.

Er fährt quer durch die Stadt, immer der Sonne entgegen, also nach Süden, denke ich mir, sage aber lieber nichts, sonst bekommen wir eine neue Belehrung zu hören.

Schließlich sind wir da.

»Gleich hier rechts ist die moderne Gasanstalt«, erklärt der Kutscher versöhnlich, als wir ihm ein üppiges Trinkgeld geben. »Links ist der große Holzhafen. Und die Insel vor uns«, er deutet schräg nach links, »ist Baakenwärder, da ist unser Teermagazin drauf.« Er kann sich eine weitere Belehrung nicht verkneifen: »Das Wasser vor euch ist nicht die Nordsee, sondern die Elbe.«

Ich unterdrücke eine Bemerkung und grinse Alex an, der die Stirn runzelt. »Der hält uns wohl für zwei bekloppte Alte«, raunt er mir zu.

»Stimmt ja vielleicht«, sage ich und versetze Alex einen sanften Stoß mit dem Ellbogen.

Das Schraubendampfschiff *Westphalia* liegt vor Anker. Äußerlich ähnelt es noch sehr den Segelschiffen. Denn neben einem großen Schornstein in der Mitte besitzt es zusätzlich zwei Masten mit Segeln. Auswanderer bringe es in vierzehn Tagen nach New York, steht auf einem Schild am Liegeplatz. Es biete neunzig Plätze für Passagiere der ersten Klasse, einhundertzwanzig der zweiten und fünfhundertzwanzig der dritten Klasse.

Ein Mann in Matrosenuniform klettert auf eine Bank und ruft: »Kommen Sie an Bord! Geführte Besichtigung für nur einen halben preußischen Silbergroschen.«

»Das ist teuer, aber wir lassen es uns dennoch nicht entgehen!«, sagt Alex und geht voraus.

»Hundertzwanzig Taler kostet die Überfahrt in der ersten Klasse, neunzig in der zweiten und fünfundfünfzig in der dritten Klasse, den Zwischendecks«, erklärt der Matrose, kaum sind wir an Bord.

Für die Passagiere der ersten und zweiten Klasse

bietet das Schiff einiges an Komfort, darunter einen großen Speise- und Aufenthaltssaal mit Tanzfläche, der an beiden Seiten mit großen Spiegeln und Gemälden geschmückt ist, die Ansichten von Hamburg, New York und der Sächsischen Schweiz zeigen. Daran schließt sich ein elegant möblierter Damensalon an, dann ein Raucherzimmer mit kostbaren Marmortischen und letztlich eine mit reichlich Plüsch und Plunder ausstaffierte Bibliothek.

»Die Lebensmittel werden in einer Eiskammer gekühlt«, sagt der Matrose. Er öffnet eine Tür, und mich trifft schier der Schlag. Zwei Kühe stehen im Dämmerlicht und fressen Heu. Der Matrose lacht: »Die Viecher versorgen die Passagiere der ersten und zweiten Klasse täglich mit frischer Milch.«

Wir steigen in den Bauch des Schiffes hinab. Die Unterschiede zwischen den Passagierklassen springen sofort ins Auge. Während die Salons der ersten Klasse luxuriös sind, ausgestattet mit Fenstern oberhalb der Wasserlinie, hausen die Passagiere der dritten Klasse im Dämmerlicht und in einfachen Holzverschlägen mit Stockbetten. Matratzen und Bettzeug müssen sie selbst mitbringen. Hier herrscht drangvolle Enge. Die Luft ist stickig.

Als wir von Bord gehen, platzt es aus Alex heraus: »Welche Idioten haben sich diese menschenverachtende Aufteilung der Passagiere ausgedacht? Sag's mir! Damensalon, Bibliothek und all der andere

Luxus nur für ein paar Reiche? Dafür müssen die fünfhundertzwanzig Passagiere der dritten Klasse in Verschlägen hausen wie das Vieh! Wozu ein spezieller Rauchersalon? Können die reichen Pinsel nicht einfach an Deck rauchen?«

»Beruhige dich, Alex.«

»Ich will mich aber nicht beruhigen!«

»Ach, Alex! Jetzt denkst du schon so wie ich!« Ich muss wohl geseufzt und die Augen verdreht haben, denn er besinnt sich und meint: »Schreib deiner Frau! Berichte ihr! Aber über den Ring kein Wort!«

»Zu Befehl, Herr Oberstleutnant! Brief schreiben!«

»Wegtreten!«

Wir schlendern am Elbufer entlang, vorbei an den Landungsbrücken, dem Alten und dem Neuen Hafen. An der Großen Elbchaussee kaufen wir uns Fischbrötchen und Bier, setzen uns, vom vielen Gehen und Stehen ermattet, an einen der grün lackierten Tische und schauen hinaus auf den Fluss.

Dann winken wir einer Droschke, die uns über Altona und Sankt Pauli in unser Hotel zurückfährt.

*

Wir sind müde, darum verbringen wir die beiden nächsten Tage mit Müßiggang und allerlei Planspielen. Wohin sollen wir von Hamburg aus fahren?

»Wir machen eine Bäderreise«, schlägt Alex vor.

»Bäderreise? Noch nie gehört.«

Alex lacht. »Vor lauter Malen bist du aus der Zeit gefallen, mein Lieber.«

Und dann legt er los. Vor hundertachtzig Jahren habe Herzog Friedrich Franz zu Mecklenburg auf Empfehlung seines Hausarztes das Seebad Doberan gegründet. Schlag auf Schlag seien andere Küstenorte diesem Beispiel gefolgt: Heiligendamm, Norderney, Travemünde, Boltenhagen, Wangerooge, um nur die ältesten zu nennen.

»Und vor fünfundfünfzig Jahren, als ich dich wieder nach Württemberg kutschiert habe, gründeten Hamburger Kaufleute im nahen Cuxhaven ein Seebad. Da fahren wir hin. Eine Woche an der Nordsee, und wir sind wieder auf Zack!«

Der Hotelportier besorgt Karten für das Schiff nach Cuxhaven und bucht für uns zwei Zimmer in einem kleinen, aber feinen Hotel.

Vom Hamburger Hafen dampfen wir los. Der Kapitän erläutert, die Flüstertüte vor dem Mund, der berühmte Göttinger Gelehrte Georg Christoph Lichtenberg habe bereits Ende des 18. Jahrhunderts empfohlen, direkt an der Elbmündung, beim alten Hamburger Amt Ritzebüttel, nach englischem Vorbild ein Seebad zu gründen. Das Salzwasser, der Blick auf die Elbschifffahrt und die frischen Fisch- und Krabbengerichte erfrischten Körper, Geist und

Seele, habe der Gelehrte prophezeit. Und so sei es tatsächlich gekommen.

Nach knapp fünf Stunden erreichen wir, der Elbe vorgelagert, den Hamburger Verwaltungsbezirk Ritzebüttel. Er besteht aus dem gleichnamigen Ort, dem gleichnamigen Schloss, mehreren Dörfern und Cuxhaven, dem Hafen Ritzebüttels. Vor uns liegt ein langer Sandstrand, der berühmte Leuchtturm und das neue Badehaus. Noch vor zwanzig Jahren hätten hier nur Fischer und Lotsen gelebt, sagt der Kapitän zum Abschied. Heute bevölkerten Fürsten, Industrielle und Künstler den Ort, denn nur Adlige und Reiche könnten sich eine Kur an der See leisten. Heinrich Heine sei oft hier gewesen und habe ein Gedicht verfasst. Zum Abschied trägt er es vor:

Am Werfte zu Cuxhaven,
da ist ein schöner Ort,
der heißt ›Die alte Liebe‹,
die meinige ließ ich dort.

»Schwimmen ist gut für die Gesundheit«, begrüßt uns der Badearzt, kaum haben wir unsere Zimmer bezogen. Seewasser sei ein Allheilmittel. Je nach Beschwerden könne er verschiedene Therapien verordnen. Gegen Kopfschmerzen und Schwindel zum Beispiel ein Regenbad, dabei falle das Salzwasser von einem zwanzig Fuß hohen Turm auf den Patienten herab. Ein Tropfbad sei besonders wirksam gegen Lähmungen und Rheuma, das Dampfbad gegen Gicht, das erwärmte Seewasser in der Kupferwanne gegen Krämpfe und Schlaflosigkeit. Das salzhaltige Wasser wirke auch als Abführmittel. Ein Glas von diesem Heilwasser schmecke zwar salzig, aber mindere sogar psychische Erkrankungen wie Melancholie und Raserei.

Weil jedoch die meisten Gäste nicht schwimmen könnten, wie auch wir, empfiehlt er uns fürs erste, einen Badekarren zu mieten, den ein Pferd ins kühle Nordseewasser ziehe. Man entkleide sich im Karren und steige dann eine Treppe ins Wasser hinunter, durch ein Segeltuch vor neugierigen Blicken geschützt. Dieses belebende salzreiche Flutbad helfe vor allem gegen Erkältungen und Hautkrankheiten, aber auch bei Nervenleiden wie Hysterie und Hypochondrie.

Alex lacht: »Wir zwei alte Deppen im Adamskostüm in der Nordsee baden? Was meinst du?«

»Jetzt sind wir so weit gereist, also werden wir's wohl wagen, wenn's denn der Gesundheit dient.«

Und so lassen wir uns von Pferd und Reiter ins Meer hinausziehen, entkleiden uns im Badekarren mit Vorhang, steigen eine Leiter hinunter und plantschen, unter dem Segeltuch verborgen, im eiskalten Wasser.

Auch für das leibliche Wohl ist gesorgt. Nach dem Bad bewirtet uns der Bademeister, wahlweise mit Kaffee, Tee, heißer Schokolade oder Bouillon, ausgesuchten Weinen, Likören, Beefsteak und leichtem Gebäck. Dann spazieren wir durch den kleinen englischen Park vor dem Badehaus und erholen uns in einem Pavillon. Hier stehen grüne Sofas, von denen der Blick über die Weite der Elbmündung reicht. Dutzende Segelschiffe liegen auf Reede. In der Nähe des Leuchtturms und des Schiffsanlegers ist das Warmbadehaus, das wir später aufsuchen.

Für stürmisches Wetter und ängstliche Gäste, die sich nicht ins Meer hinaus trauen, gibt es nebenan fünf kleine Bassins. Kurgäste, von Wärtern bedient, erfrischen sich, unter einem Zeltdach verborgen, im Salzwasser.

»Wollen Sie schon ins Bett?« Der Portier ist irritiert, als wir um unsere Zimmerschlüssel bitten. »Jeden Abend gibt es im Ort allerlei Amüsements. Teegesellschaften, festliche Abendessen, Billard, Kegelbahn, Spielkasino, Konzerte und Tanzveranstaltungen. Und jeden Morgen können Sie auf einem Ausflugsdampfer nach Helgoland und Neuwerk schippern.«

»Morgen vielleicht«, winke ich ab. »Heute sind wir zu müde.«

Am nächsten Morgen mieten wir uns wieder einen Badekarren, frühstücken beim Bademeister und wandern am Strand auf und ab. Ständig bläst uns ein kräftiger Wind ins Gesicht. Das Meer ist laut, als würde es ein- und ausatmen. Und alle acht Stunden setzen Ebbe und Flut ein.

»Zehn Fuß beträgt die Differenz im Gezeitenwechsel«, erklärt der Bademeister, als wir wieder bei ihm vorbeikommen und eine Bouillon schlürfen.

Uns fällt auf, dass es außer Badekarren auch spezielle Badeboote gibt, die weiter draußen im Wasser verankert sind. Jedenfalls könne man dort ungestört nackt baden, außer Sichtweite und ohne Gefahr zu ertrinken, sagt der Bademeister und spottet über diese Aalkästen für reiche Touristen.

Manche Frauen spazieren in langen Kleidern barfuß am Ufersaum entlang, die Haut bis zu den Knöcheln bedeckt. Die Reifröcke sind mit Gewichten behängt, damit sie im stürmischen Wind nicht hochbauschen. Kostüme aus Wolle, Leinen und Seide seien für die Nordsee untauglich, sagt der Bademeister, weil sie sich schnell mit Wasser vollsaugen, wenn man doch mal von einer Welle erwischt wird.

Am Sonntag erleben wir ein besonderes Schauspiel. Viele Hamburger sind da. Allerlei vergnügungssüchtiges Volk mischt sich unter die Badegäste. Cuxhaven wird unterhaltsam, fröhlich und laut.

Blondgelockte, blauäugige Haustöchter promenieren mit ihren weißen Kleidchen und mit mächtigen Federhüten. Dralle Friesenburschen haben ihre schwieligen Hände in zartfarbige Glacéhandschuhe gepresst und tragen große seidene Schleifen um den Hals. Handwerksburschen führen ihre Dulcineas aus, und galante Kontoristen klirren mit neusilbernen Sporen an den Stiefeln.

Überall herrscht ein fröhliches Treiben voller Wonne, Lust und Vergnügen.

Eine bunte Reihe aus promenierenden Badegästen, gaffenden Städtern und verwegenen Reitern windet sich den Strand entlang. Ehemänner, die eine Woche lang am staubigen Aktentisch verbrachten, sitzen mit ihren herausgeputzten Gattinnen vor dem Badehaus, trinken Tee und genießen frische Krabben und delikaten Dorsch mit Buttersauce.

Am Sonntagabend ebbt auch diese Menschenflut wieder ab, und am Montag ist die Cuxhavener Badewelt still und gemütlich wie zuvor.

So vergeht die Woche für uns wie im Flug. Außer einem Vortrag über die Erdgeschichte besuchen wir keine Abendveranstaltung. Von der frischen, salzhaltigen Luft, dem Baden im kalten Wasser und dem vielen Spazierengehen am Strand sinken wir jeden Abend ermattet, aber zufrieden mit uns und der Welt ins Bett. Auch ich schlafe so gut wie schon lange nicht mehr. Erholt fahren wir nach Hamburg zurück und quartieren uns wieder im *Dänischen Hof* ein.

*

Am Zirkusweg nahe dem Hamburger Fischmarkt residiert seit Jahren der weltberühmte Zirkus Renz in einem zweigeschossigen Gebäude, geschmückt mit einem prächtigen Portal. Erst wenn man durch dieses Tor geht, erkennt man, dass der Zirkus ein massiver Rundbau ist, kein Zelt.

Zum Auftakt spielt das Zirkusorchester Preußens Gloria. Der Zirkusdirektor begrüßt die Gäste mit schmalzigen Worten und reichen Gesten. Dann folgen die Sensationen Schlag auf Schlag.

Zuerst tritt der englische Clown Little Wheal auf. Wie der Zirkusdirektor vorab erklärt, hat das ›kleine Rad‹, wie sich der Clown jetzt nennt, sein Theologiestudium wegen einer schönen Kunstreiterin verlassen und arbeitet seitdem beim Circus Renz. Er schlägt hundert Purzelbäume durch die Manege. Dann brilliert er als Imitator, der klassische Theaterstücke verulkt, unter anderem auch den Hamlet.

Voltigier- und Kunstreiter zeigen allerlei Akrobatik. Alexander Krembser ist der beste. Als erster Voltigeur der Welt führt er die Voltige rückwärts vor. Gleich danach beherrscht Clown Rebeschky mit seinen zwölf dressierten Pudeln die Manege.

Es folgt eine Nummer, die mir nicht gefällt: Schwarze amerikanische Sklaven sollen das Publikum belustigen, doch tatsächlich ist es umgekehrt. Ich schäme mich, dass man diese armen Menschen so zur Schau stellt.

Auch die nächste Nummer stößt mich ab. Die schöne Ferdinanda, präsentiert als der weibliche Koloss, ist erst zweiundzwanzig Jahre alt, wiegt aber schon dreihundert Pfund und hat dennoch zierliche Hände und Füße. Sie spielt mehrere Stücke auf der Gitarre vor und trällert Operettenliedchen dazu.

Auf sie folgt die Wunderdame, die europäische Pastrana genannt, die bei aller weiblichen Zartheit einen männlichen Kopf hat mit einem langen Bart und kraftstrotzenden, behaarten Armen und Beinen.

Im letzten Programmdrittel verbiegt der Kautschukmann Stephano Arlotto seinen Körper, als habe er kein Skelett. Dann schnaubt ein dressierter Stier durch die Manege, vorgeführt von Dompteur Glückswerth. Danach die Aufführung des Zauberers Chevalier Agoston, der viel Beifall bekommt. Zum Schluss der legendäre Kraftakrobat und Kanonenkönig John Holtum, der mit einer Hand eine Kanonenkugel auffängt. »Das ist der Star im europäischen Zirkus«, kommentiert der Zirkusdirektor und verbeugt sich zum Abschied.

*

Wir sitzen mit dem Direktor unseres Hotels auf der Terrasse, trinken englischen Tee und genießen eine köstliche Lübecker Marzipantorte.

»Apropos Marzipan«, sagt der Direktor, »wussten Sie, dass Lübeck die Hauptstadt des Marzipans ist?«

»Aber ja!« Ich schaue Alex an, der sich ein Lachen verkneifen muss. »Jedes Mal, wenn mein Freund mich besucht, futtert er mir meine Marzipanpralinen weg. Er kann nicht genug davon kriegen.«

Alex schweigt, und der Direktor fährt fort: »Und wussten Sie, dass die Hamburger nicht nur zum Baden an die Nordsee nach Cuxhaven fahren, sondern viel lieber an die Ostsee bei Lübeck? Dort ist das Klima milder, der Wind sanfter, das Meerwasser weniger salzig und der Gezeitenunterschied praktisch nicht vorhanden. Vierzig Meilen sind es elbabwärts mit dem Schiff bis Cuxhaven und vierzig Meilen oder – nach neuer Rechnung – sechzig Kilometer mit dem Zug nach Lübeck.«

Nein, das wussten wir nicht.

»Und wie kommen wir da hin?«, fragt Alex.

»Mit der Eisenbahn bis Lübeck. Leider ist die Bahnstrecke von Lübeck nach Travemünde Strand erst in Planung. Also müssen Sie eine Droschke nehmen. Dennoch sind Sie schneller in Travemünde als in Cuxhaven.«

Früher, erzählt der Direktor, habe Travemünde aus drei Straßen, einer alten Kirche und einer kleinen Festung bestanden. Fischer, Schauerleute, Seeleute und Lotsen bevölkerten das Städtchen, Lübecker Besitz seit urdenklichen Zeiten zur nautischen und militärischen Sicherung der reichen Kaufmannsstadt.

Zehn Lübecker Kaufleute, Juristen und Ärzte hätten eine Seebadeanstalt gegründet und das Travemünder Kurhaus bauen lassen sowie dicht am Strand ein Warmbadehaus, einen Musiktempel, einen Seetempel und später ein Arkadenhaus mit Konditorei. Seitdem tummelten sich viele Badegäste an der Trave. Badekarren und Badehäuschen säumten das Ufer. Freibaden am Strand sei allerdings strengstens verboten.

»In Travemünde ist mehr los als in Cuxhaven«, sagt der Direktor.

»Warum?«, will ich wissen.

»Weil dort viele Russen sind.«

»Russen?« Alex kann es nicht fassen. »Russen in Travemünde?«

»Sankt Petersburg ist der wichtigste Schifffahrts- und Handelspartner Lübecks«, trumpft der Direktor auf, »wussten Sie das nicht?« Er prahlt gern mit seinem Wissen. »Schon Zar Peter der Große hatte sich nach seiner Europareise in Travemünde zur Rückfahrt eingeschifft. Der märchenhaft reiche russische Hochadel, die russischen Diplomaten und viele russische Geschäftsleute reisen über Travemünde ins westliche Ausland. Und nach den Russen sind die Franzosen, dann die Engländer, die ja überall sind, und schließlich die Schweden gekommen. Die Ostseeküste von Wismar bis Stralsund war ja irgendwann mal von den Schweden besetzt.«

Oft hätten die russischen Segelschiffe tagelang in Travemünde auf günstige Winde für die Ausfahrt aus der Lübecker Bucht warten müssen. So sei das Städtchen für wohlhabende Reisende zum Verweilort geworden. Und als die erste und lange Zeit einzige Dampfschifffahrtslinie zwischen Russland und dem westlichen Europa in Travemünde endete beziehungsweise begann, wurde Russisch zur Zweitsprache an der Trave.

»Wenn Sie Cuxhaven mit Travemünde vergleichen, was ist dann schöner?«, frage ich den Direktor.

»Ich würde Travemünde vorziehen. Es ist vielleicht nicht schöner, aber bietet mehr Abwechslung und Unterhaltung. Auch ist das Klima milder, wie ich schon sagte. Zudem ist das Publikum internationaler. Travemünde ist zwar auch nur ein Seebad, aber es bietet mehr Kultur und Annehmlichkeiten, gerade für ältere Herrschaften.«

»Klingt verlockend«, sagt Alex.

»Reiche Russen lieben Musik und Glücksspiel«, ergänzt der Direktor. »Also hat Travemünde ein Theater, eine Kurmusik und, ganz wichtig, ein Casino. Roulette und Pharao sind dort die beliebtesten Glücksspiele.«

»Casino brauche ich nicht, aber Musik und Theater? Das klingt verlockend. Was meinst du, mein lieber Alex?«

»Lass uns hinfahren, Eugen!«

»Gut, dann sage ich dem Portier, er soll für Sie Fahrkarten besorgen und im *Schiff* zwei Zimmer reservieren. Wenn ich in Travemünde bin, steige ich immer in diesem guten Hotel ab.«

Travemünde, August 1872

Tausende von Erholungsuchenden aus Lübeck und Hamburg, aus der holsteinischen und mecklenburgischen Umgebung strömen am Sonntag nach Travemünde. Musik und Tanz und schäumende Bierseligkeit in den Gassen, dazu Theater und Badegenuss am Strand der Lübecker Bucht, und überall fressfreudige Gäste aus nah und fern. Grenzenlose Lebenslust. Ein spontanes Volksfest ohnegleichen. Keine gebremste Laune wie beim Cannstatter Wasen, jener hochherrschaftlichen Veranstaltung, die ein Jahr im Voraus geplant werden muss und das ganze Land in Atem hält.

Und dennoch geht es am Strand gesittet zu. Die See-Badeanstalt, direkt an der Lübecker Bucht, verlangt 12 Schillinge Eintritt pro Person. Eine Holzwand trennt die Frauen von den Männern, wenn sie ins Meer steigen. Wächter passen auf, dass niemand von einer Düne oder von einer Terrasse die Badenden beobachten kann. Wer beim Kieken erwischt wird, muss eine saftige Strafe zahlen und wird aus Travemünde verwiesen.

Die Trave aufwärts Richtung Lübeck liegt linker Hand die Halbinsel Priwall. Dort ist eine wohlfeile Badeanstalt für Leute mit kleinem Geldbeutel, wo es allerdings genauso prüde zugeht wie herüber.

Wir sitzen an der Norder-Mole am Strand, die Füße im Wasser, vor uns einen Tisch, darauf heiße Schokolade und leckere Törtchen. Nicht weit entfernt ein Musikpavillon, aus dem Walzerklänge herüberklingen.

»So lässt sich's aushalten.« Alex strahlt mit der Sonne um die Wette.

Auch ich fühle mich wohl: »Hier ist's so heiter und beschwingt ...«

Ein großer Mann, barfüßig im Sand, baut sich vor uns auf. Die weiße Kapitänsmütze mit goldenem Anker über dem Schild tanzt auf seinem Lockenkopf. Auffällig sein langer, grauer Mantel. Langsam, nach allen Seiten sichernd, kommt er ganz dicht an mich heran und schlägt den Mantel zurück.

»Schau, was ich hier habe!«

Das Innenfutter ist über und über mit goldenen Uhren, goldenen Ketten und goldenen Ringen behängt.

»Schmuggelware«, flüstert er mir ins Ohr, »billig.«
Ich muss lachen.

Er weicht einen Schritt zurück.

»Wenn du schon so viel Gold hast«, belustige ich mich, »warum machst du dir damit nicht ein fideles Leben?«

»Stell dich in die Sonne«, fordert Alex ihn heraus, »dann funkelt das Gold, und viele Leute interessieren sich dafür.«

»Kapiert Ihr Holzköpfe nicht?«, regt sich der Strandgauner auf, »das ist Schmuggelware!«

»Und ob wir kapieren«, weist ihn Alex zurecht. »Du scheust die Sonne und das Licht, weil du gar kein echtes Gold hast.«

Der falsche Kapitän schlägt seinen Mantel zu, flitzt über den Sand und verschwindet in der Menschenmenge an der Strandpromenade.

»Der eine gibt sich als russischer Geheimagent aus, der andere als Kapitän mit Schmuggelware«, feixt Alex.

»Jetzt fehlt nur noch einer im Pilgergewand, der mit heiligen Steinen aus Jerusalem handelt, die Jesus einst berührt hat«, ergänze ich.

Alex meint: »Auch einem falschen Generalvikar aus Fez oder einem braunen Franziskaner mit Strick um den Bauch würde ich gern begegnen, der vorgeblich jahrelang Wächter am Heiligen Grab in Jerusalem gewesen ist und gesegnete Heiligenbildchen von dort verkauft, die er billig in Lübeck hat drucken lassen.«

Wir haben Gesprächsstoff für lange Zeit. Für mich steht fest, dass es wohl keine Leidenschaft, keine Neigung, keine Schwäche der menschlichen Natur gibt, die Gauner nicht geschickt ausnützen: »Das sind ausgebuffte Psychologen. Sie spielen mit den Wünschen der Menschen.«

»Ja, und sie spekulieren auf die Dummheit vieler Erdenbürger. Sie setzen auf die Gutmütigkeit, das Mitleid und den Optimismus ihrer Zeitgenossen.«

»Was glaubst du, mein lieber Alex, wie viele Taschendiebe heute wohl in Travemünde unterwegs sind?«

»Wenn die Leute dicht an dicht stehen oder sitzen, dann werden es wohl mindestens zehn sein«, schätzt Alex.

»Und jeder hat einen Helfer, der das Diebesgut verschwinden lässt oder das Opfer ablenkt, damit sich der Dieb unbefangen nähern kann.«

»Ich habe mir sagen lassen«, weiß Alex, »dass zum Handwerkszeug der Diebe falsche Hände mit Handschuhen gehören. Die legen sie auf den Tisch oder auf ihre Knie, damit sie mit ihren wirklichen Händen ungestört arbeiten können.«

»Auch ein scharfes, vielleicht im Siegelring verstecktes Messerchen zum Aufschneiden der Taschen gehört dazu, ebenso eine kleine Zange zum Zerteilen der Schmuck- und Uhrketten.« Und noch etwas fällt mir zu diesem Thema ein: »Der Helfer staubt den Jackenärmel eines Passanten ab oder entfernt etwas Zigarrenasche oder täuscht mit einer plötzlichen Umarmung vor, jemanden erkannt zu haben, und schon fehlt eine Uhr, ein Schmuckstück, ein goldenes Zigarettenetui.«

Dass es leiser auftretende Damen in dieser Branche auch zu einer gewissen Virtuosität und Fingerfertigkeit gebracht haben, liegt für mich nahe, zumal ihnen die Arbeit durch galantes Entgegenkommen der Herren oft sehr erleichtert wird.

»Und wie viele falsche Pfarrer, Professoren, Grafen und fremdländische Potentaten mögen heute hier auf Kundenfang sein?«, fragt Alex.

»Mindestens fünfzig«, schätze ich.

*

Wir machen uns, vom Hotelportier empfohlen, auf den Weg zum Brodtener Ufer. Am sagenumwobenen Mövenstein, einem riesigen Findling aus Granit, nehmen wir gemächlichen Schrittes die erste Steigung. Der Weg schlängelt sich durch kleine Wäldchen, an Ackerrändern vorbei, mal nah am Steilufer, mal einen kleinen Bach überquerend. Hier dichter Wald, dort atemberaubende Ausblicke auf die offene See, und immer wieder mannshohe, undurchdringliche Brombeerhecken. Dann liegt der Weiler Brodten vor uns. Sieben Gehöfte, Hufen genannt, umstehen den Anger, den gemeindeeigenen Weideplatz mit großem Teich.

Vor einem der Höfe stehen Tische und Bänke. Eine Bäuerin in Tracht schenkt Bier aus und schmiert Schmalzbrote. »Wenn Sie wollen«, sagt sie zu uns, »kann ich Tomaten und Rettiche aufschneiden.«

Wir wollen und legen eine Rast ein. Sie ist gesprächig und erzählt vom kargen Leben hier oben, während drunten an der Trave das Geld mit vollen Händen ausgegeben werde. »Schicken Sie mir Leute herauf«, bittet sie uns.

»Und jetzt«, empfiehlt die Bäuerin, als wir gegessen und getrunken haben, »sollten Sie unseren Seetempel anschauen. Ist nicht mehr weit.«

Wir folgen ihrem ausgestreckten Arm und erreichen schon bald das Brodtener Ufer. Ein sechseckiger Holzpavillon mit ziegelgedecktem Spitzdach, Terrasse rundum und Holzbalustrade gegen das Steilufer lockt zum Verweilen. Wir setzen uns in den Tempel und schauen hinaus auf die Ostsee. Ein herrlicher Blick, der an der Horizontlinie zur Ruhe kommt.

Zwei Männer fragen, ob sie sich zu uns setzen dürfen.

Wir stimmen freudig zu.

Sie tragen englische Knickerbocker und wetterfeste Tweedjacken. Ihre schweren Rucksäcke stellen sie auf den Boden.

»Haben Sie Wackersteine geladen?« Alex ist neugierig geworden.

»Oh yes!«, kommt die Antwort zweistimmig. Sie sind Engländer um die fünfzig, sprechen gut Deutsch und sammeln Fossilien und wertvolle Steine.

»Hier ist ein Paradies für Steinsammler«, erklärt der eine und entnimmt seinem Rucksack mehrere Donnerkeile und einen versteinerten Seeigel.

Wir bewundern die Fundstücke und wiegen sie in unseren Händen.

»Wir kommen schon das dritte Jahr in Folge nach Travemünde, weil man sich hier so gut erholen kann und allerlei Versteinerungen findet«, meint der andere.

»Was gefällt Ihnen an Travemünde«, frage ich die beiden.

Sie zählen auf: das Meer, die gute Luft, das geschmackvolle Essen, das köstliche Bier, die herrlichen Bademöglichkeiten, das internationale Flair im Ort und die schöne Stadt Lübeck in der Nähe.

Sie seien schon im mondänen französischen Badeort Biarritz gewesen, wo auch unser neuer Reichskanzler Bismarck die Sommerwochen verbringe. Aber hier in Travemünde sei es schöner, weil ungezwungener und geselliger.

Wir können nur zustimmen. Aber eines interessiert mich noch: »Reisen Sie viel?«

Der sympathische Blonde stellt sich zunächst als Mister Jones vor und geht dann mit seiner klangreichen, leicht vibrierenden Stimme auf meine Frage ein: »Seit rund zwanzig Jahren verreisen wir zusammen. Wir sind Junggesellen und machen auch sonst viel zusammen. Anfangs sind wir weit gereist, nach Ägypten, Spanien, Portugal, Frankreich, ja sogar in die Türkei. Aber mittlerweile nicht mehr.«

»Warum«, will ich wissen.

»Wir haben erkannt«, sagt Mister Davies lächelnd, er hat braunes Haar und ist etwas größer als sein Kompagnon, »dass alle Reisen nichts Besonderes an sich haben. Die Menschen reisen viel und gern. Die Sehnsucht nach der Ferne ist so alt wie die Menschheit selbst. Seit Adam und Eva sind die Menschen unterwegs, obwohl jeder noch so abgelegene Ort auf dieser Erde längst erforscht ist. Doch seit der Erfindung der Fotografie kann man sich die weite Welt ins Haus holen. Also zieht es die Menschen hinaus, weil sie von zuhause weg wollen oder weil sie ein Fernweh plagt ... .«

»So ist es!«, unterbricht Mister Jones. »Viele Menschen sind mit ihrem Leben unzufrieden. Die einen geben ihrem Zuhause die Schuld, die anderen brauchen neue Reize und wollen ihr Glück in der Ferne probieren. Erholung finden sie in keinem Fall, denn Reisen ist anstrengend. Bildung, ja, Bildung kann man erwerben, wenn man sich auf die Leute in der Fremde einlässt, auf ihre Kultur, ihre Sprache. Aber genau das wollen viele Touristen nicht. Sie erwarten, dass es im Ausland genau so ist wie zuhause. Wehe, man serviert ihnen ein unbekanntes Gericht, eine kalte Suppe oder eine rohe Gemüseplatte! Wehe, sie können sich nicht in ihrer Sprache unterhalten!«

Und Mister Davies ergänzt: »Der römische Philosoph Seneca hat vor zweitausend Jahren gemeint, das Reisen sei oft ein Umherirren, ein Sichherumtreiben, ein bloßer Ortswechsel. Aber das, wonach man wirklich sucht, finde man an jedem Ort: ein lebens- und lobenswertes Leben.«

»Ich glaube«, wirft Alex in die Runde, »wir sollten wieder nach Travemünde hinabsteigen, sonst kommt uns die Nacht auf den Hals.«

»Yes«, sagt Mister Jones, »und ich habe Hunger.«

Auf Nachfrage stellt sich heraus, dass auch die beiden Engländer im *Schiff* wohnen. Noch bevor wir dort ankommen, sind wir beim Du. Aus Mister Davies wird Archie, und Mister Jones heißt William.

»Wir kennen uns aus Indien«, sagt Archie. William sei Major gewesen, er auch. Sie seien schon viele Jahre im Ruhestand. Deshalb könnten sie unbeschwert reisen.

Wir geben uns als Württemberger zu erkennen, eingebürgerte Schwaben mit russischer Abstammung.

»Und womit haben Sie Ihren Unterhalt verdient?«, fragt William.

»Auch wir waren Offiziere«, sagt Alex.

»Wirklich?« Archie ist sehr erfreut.

»Aber ja doch!«, bestätige ich. »Mein Freund Alex war Trainoffizier in der russischen Armee, dann Oberstleutnant bei der württembergischen Kavallerie.«

Die beiden können es nicht fassen. Ein ranghöherer Offizier als sie? Alex muss seinen Pass zeigen. Und als sie lesen, dass er auch noch adelig ist, begegnen sie ihm mit allergrößtem Respekt.

Als wir hungrig und ermattet ins Hotel kommen

und unsere Zimmerschlüssel verlangen, spricht mich der Portier mit Durchlaucht an, obwohl ich ihn gebeten hatte, das zu unterlassen. Er entschuldigt sich sofort, es sei versehentlich passiert, nicht absichtlich. Doch Archie hat es gehört und fordert Klarheit.

»Ja«, räumt Alex ein, »mein Freund Eugen ist ein russischer Fürst und am Schwarzen Meer bekannt wie ein bunter Hund. Nicht zuletzt deshalb, weil er auch ein renommierter Maler ist.«

Von diesem Augenblick an wollen sie alles wissen. Wo in Russland ich zuhause sei. Welchen Rang ich beim Militär gehabt hätte. Ob ich mit der Zarenfamilie verwandt sei. Nur nach meinem Vermögen fragen sie nicht. Engländer eben, Russen hätten das gleich wissen wollen.

»Wo hast du das Malen gelernt«, fragt Archie.

»In München, aber schon als Kind konnte ich sehr gut zeichnen.«

»Und warum hat es dich ausgerechnet nach Stuttgart verschlagen?«

»Anordnung des Zaren. Seine Schwester hatte den württembergischen Thronfolger geheiratet. Und als in Württemberg die Hungersnot ausbrach, musste Alex als russischer Trainoffizier mich nach Stuttgart bringen, um der Schwester des Zaren beizustehen. Und da sind wir geblieben. Ich etablierte mich als Maler, und Alex wurde württembergischer Oberstleutnant. So einfach ist die Geschichte.«

Im selben Augenblick, in dem ich das sage, verspüre ich ein unbändiges Verlangen, ein paar Skizzen zu fertigen, die ich zuhause in Gemälde verwandeln könnte. Schade, die neuen Pastellkreiden sind auf dem Weg nach Stuttgart. Also frage ich den Portier, ob er mir einen kleinen Skizzenblock und gute Farbstifte besorgen könnte.

»Bitte schreiben Sie mir auf, welche Stifte Sie wünschen«, sagt der Portier. Er schiebt einen Bleistift und einen Notizzettel über den Tresen.

Ich notiere: ölhaltige Buntstifte, am liebsten die von Staedler aus Nürnberg.

Der Portier entnimmt einer Schublade unter dem Tresen das Lübecker Adress-Buch von 1870, schlägt es auf der Seite 400 auf und fährt mit dem Zeigefinger das Verzeichnis der Travemünder Einwohner entlang, von Albrecht, Dietrich, Kaufmann, Vorderreihe 29, bis Zwentzien, Johann Hartwig, Gastwirt der Bierhalle, Am Wall 179.

»Hier in Travemünde gibt es keinen Laden, der Künstlerbedarf führt«, teilt er mir mit größtem Bedauern mit.

Der Page, der neben dem Portier steht, wendet schüchtern ein: »Das Fräulein Rudolphi malt sehr gut, vielleicht ... .«

»Die neue Lehrerin, die hinter der Kirche wohnt?«

»Ja, genau die meine ich«, bestätigt der junge Mann.

»Dann lauf schnell hinüber zu ihr und frag sie,

ob sie Buntstifte übrig hat oder weiß, wo man welche kaufen kann.« Er gibt dem Pagen meinen Zettel mit.

Wenig später ist er zurück. Noch ganz außer Atem berichtet er, das Fräulein Lehrerin kaufe die Stifte beim Händler Simon in der Vorderreihe 85. Sollte der keine vorrätig haben, würde sie gerne dem Malerkollegen aus Stuttgart ihre Stifte ausleihen.

»Woher weiß das Fräulein Lehrerin, dass ich Maler bin?«

Der Page wird über und über puterrot und beichtet, er habe auf Nachfrage dem Fräulein Lehrerin verraten, dass in seinem Hotel ein ganz nobler Herr logiere, der Fürst oder Maler oder so etwas Ähnliches sei.

Ich kann mir ein Lachen nicht verkneifen und drücke dem Jungen einen Groschen in die Hand: »Gut gemacht.«

Er bedankt sich mit einem Diener, und wir gehen zu viert zur Promenade an der Trave, um dort zu Abend zu essen. Hier legen die Schiffe an, die nach Stockholm, Malmö, Kopenhagen, Riga und Sankt Petersburg fahren. Heute liegen zwei Dampfer vor Anker. Das Dampfschiff *Ellida, das* jeden Sonntag zur Industrieausstellung in Kopenhagen schippert. Und der Raddampfer *Viktoria*, der zwei Schaufelräder hat, je eines mittig auf jeder Seite, und in der Lübecker Bucht unterwegs ist. Die Häuserreihe, die parallel zum Fluss und zur Promenade verläuft, ist die *Vorderreihe*. In Haus Nummer 85, einem zweigeschossigen Gebäude hinter einer mächtigen Sommerlinde, hat im Erdgeschoss der Händler Simon seinen Laden. Er sitzt vor seiner Ladentür und trinkt Bier aus der Flasche.

»So, so, die Anna schickt Sie zu mir«, sagt er und lacht. »Ein ganz armes Luder, immer allein. Darf keinen Besuch empfangen und in kein Café oder Gasthaus sitzen. Das schicke sich nicht für ein Fräulein Lehrerin, sagt der Pfarrer. Also verbringt sie ihre freie Zeit mit Lesen und Malen.«

Nein, Buntstifte von Staedler habe er nicht vorrätig, könne sie aber bis morgen Abend oder übermorgen beim Böhndel in Lübeck besorgen. Dort gebe es alles, was man für die Malerei braucht.

»Und einen Zeichenblock?«

»Au, heut ist zwar Sonntag ...«, sagt er und verschwindet in seinem Laden. Als er wiederkommt, zeigt er mir drei verschieden große Skizzenblöcke. Ich entscheide mich für den kleinsten, weil er in meine Jackentasche passt, und bitte ihn, die Stifte zu besorgen.

»Sobald ich die Buntstifte habe, bringe ich sie abends in Ihr Hotel. Und dann können Sie auch den Skizzenblock bezahlen«, sagt er und gibt mir die Hand.

*

Am nächsten Morgen informiert uns der Portier, dass unsere Wäsche gewaschen ist. Ob das Dienstmädchen sie in unseren Zimmerschränken verstauen darf?

Natürlich darf sie. Wir sind ja froh, frische Wäsche zu haben.

Auf meinem Platz am Frühstückstisch liegt ein kleiner Pappschuber mit dem Aufdruck *Creta Polycolor - Dutzendschachtel von J. S. Staedler, Nürnberg*. Ich ziehe den Schuber auf: zwölf gebrauchte, aber frisch gespitzte Buntstifte. Ölhaltige Minen, wie in der Beschreibung steht, die gut in der Hand liegen. Ich freue mich schon aufs Zeichnen.

Der Oberkellner weiß Bescheid: »Die hat das Fräulein Lehrerin ganz früh am Morgen vorbeigebracht.«

»Warum so bescheiden? Ich hätte sie gern zum Frühstück oder Abendessen eingeladen.«

»Darf sie nicht ohne Genehmigung des Pastors«, sagt der Oberkellner.

Nach dem Frühstück frage ich den Oberkellner nach dem Weg zum Pastor.

Er lacht. »Den Weg zu Doktor Heller können Sie sich sparen. Montags hat er frei. Da sitzt unser Pastor mit Doktor Cords zusammen, dem die See-Badeanstalt gehört. Sie finden die zwei um diese Zeit immer in der *Traube*.«

Die Gaststätte zur *Traube* liegt in der Torstraße gleich beim Kurgarten. Drei Herren sonnen sich auf der Terrasse beim Wein. Alex bleibt am Zaun stehen, ich gehe hin, lüfte meinen Hut und stelle mich als Kurgast vor.

»Darf ich die fröhliche Runde für einen Augenblick beim Frühschoppen stören?«

»Aber ja doch«, sagt einer der Herren jovial und stellt sich als Hinrich Freyholz vor, Inhaber der Gaststätte.

»Ich möchte den Herrn Pastor um einen Gefallen bitten.«

»Sie wünschen?«, fragt ein ganz in Schwarz Gekleideter.

»Darf ich Sie und Fräulein Rudolphi zum Abendessen ins *Schiff* einladen?«

»Wie komme ich zu der Ehre?«

»Ehre und Dank liegen ganz auf meiner Seite«, höre ich mich etwas geschwollen sagen, weshalb ich mit einem Lächeln auf den Lippen mein Anliegen erkläre. Ich wolle die malende Lehrerin kennenlernen, von Künstler zu Künstlerin, da ich selbst Maler sei. Unbekannterweise habe sie mir ihre Malstifte für ein paar Tage überlassen.

Der Pastor dankt und verspricht, gegen sieben Uhr mit dem Fräulein Lehrerin ins *Schiff* zu kommen.

»Ich spüre«, sagt Alex, als ich mit ihm zurück zu unserem Hotel gehe, »dass dich der Malrappel wieder gepackt hat. Das ist gut für dich und langweilig für mich.«

»Ja, ich würde gern noch einmal nach Brodten und zum Seetempel hinaufsteigen und in Farbe skizzieren, was mir auffällt. Aber was machst du in der Zwischenzeit?«

»Mach dir um mich keine Sorgen, mein Lieber. Die Engländer haben mich zum Angeln eingeladen.«

*

Die Brodtener Bäuerin sitzt wieder in Tracht vor ihrem Hof und wartet auf Kundschaft. Aus einem der Nachbargehöfte hört man jemand rufen. Auf dem Teich im Anger gründeln Enten. Eine Frau sitzt auf dem Steg. Sie lässt die nackten Beine baumeln. Im Schoß wiegt sie ein kleines Kind.

»Da sind Sie ja wieder«, sagt die Bäuerin und steht auf. »Ich habe heute sogar einen Kuchen, einen Sandkuchen mit zerstoßenen Mandeln. Wollen Sie probieren?«

Ich lasse mir den Kuchen schmecken, trinke schwarzen Tee und höre zu.

Ungefragt erzählt sie aus ihrem kargen Leben. Gern würde sie auch einmal irgendwohin reisen, am liebsten dorthin, wo es warm ist. Im Sommer sei es hier ja schön, aber im Winter doch einsam, zugig und kalt. Eine Winterreise in ein Land, wo die Zitronen im Dezember und Januar blühen, das wäre ihr Traum.

Sie scheint mir eine Philosophin zu sein, die nicht geschwollen oder hirnlos daherredet, sondern mit einfachen Worten den Dingen auf den Grund gehen kann.

»Wir alle sind immer auf der Reise«, meint sie, »weil unser Leben ein Ziel und einen Weg dorthin hat.« Der Weg führe nicht nur zum Ziel, er beschreibe auch unser Leben mit all unseren Wegbegleitern. Mit dem Fortschreiten auf diesem Weg mache man Fortschritte in seinem Leben, gleich den drei Magiern aus dem Orient, die dem Licht folgten, das ihnen den Weg leuchtete, und sie zu einem besseren Leben führte. Selten gehe es ohne Irrwege und Umwege voran. Unser Leben verlaufe halt nicht immer auf der kürzesten Spur.

Während sie erzählt und tiefgründige Gedanken aus ihr heraussprudeln, ziehe ich den Skizzenblock aus der Jackentasche und beginne, sie zu zeichnen. Ich suche nach ihrem Ausdruck, der ihrer Persönlichkeit gerecht wird. Ich zeichne sie von vorn, den Kopf aufrecht, den Blick geradeaus. Das Porträt soll nicht perfekt und realistisch werden. Es soll lebendig wirken. Auch strebe ich keine Ähnlichkeit an, sondern eine künstlerische Darstellung der vor mir sitzenden Frau. Dem Verstand sage ich, er solle sich zurückhalten. Eingebung und Einbildungskraft übernehmen das Zeichnen.

Sechs Wanderer kommen vorbei, vier Männer und zwei Frauen. Sie dampfen wie die Lokomotiven, offensichtlich reiche Städter aus der Puste, die Damen vornehm gekleidet, die Herren mit vermutlich reich gefüllten Geldbörsen im Hosensack. Erschöpft lassen sie sich auf die Holzbänke fallen. Die Bäuerin lächelt und eilt dienstbeflissen herbei. Sie preist ihren Kuchen an.

Mich beachtet sie nicht mehr. So kann ich meine Skizze in aller Ruhe einfärben, ihre wachen Augen im wettergegerbten Gesicht illustrieren, ihre Tracht mit den vielen Bändern und Schnüren andeuten und den Bildhintergrund türkis schraffieren. Mit Pastellkreiden ging's noch besser, das weiß ich wohl.

Sie winkt mir zu, als ich aufstehe und mich zum Seetempel aufmache, wo ich den Blick auf die Ostsee malen will.

*

Gegen sieben treffen meine Gäste ein, Pastor Doktor Heller und Fräulein Rudolphi.

Das Fräulein trägt die übliche Kleidung aller Lehrerinnen: schwarzes Kleid, das bis zum Boden reicht, graue Schürze, weißer Brustfleck zum Zeichen der Keuschheit. Das braune Haar zu einem Kranz geflochten. Sie strahlt mich an und hat drei ihrer Kunstwerke mitgebracht.

Der Pastor ist miesepetrig und muffig. Was ich schon am Morgen ahnte, wird jetzt zur Gewissheit. Der Herr Doktor versteht sein Amt nicht als Dienst am Nächsten, sondern als Herrschaftsauftrag. Kaum gibt er mir die Hand, schon ranzt er mich an: »Sie sind ein Fürst und doch keiner? Wie geht das zusammen?«

Alex runzelt die Stirn und will gleich lospoltern, doch der Oberkellner eilt herbei und geleitet uns an den vorbestellten Tisch.

Als wir Platz genommen haben, beantworte ich die Frage besonnen und gelassen: »In Russland, meiner ersten Heimat, nennt man mich Fürst Ewgenij Samarow. Und in meiner zweiten Heimat, mittlerweile lebe ich fünfzig Jahre in Stuttgart, bin ich als Maler Eugen Maron bekannt.«

Damit gibt sich der allwissende Herr nicht zufrieden: »Na, na, Sie sind also nicht mehr der, der Sie einmal waren?«

So einfach gebe ich mich nicht geschlagen und weise den Pastor bescheiden darauf hin, was der griechische Philosoph Sokrates vor rund zweieinhalbtausend Jahren schon wusste: Jeder Mensch bleibe, selbst wenn er denselben Namen führt, niemals in sich selbst gleich, sondern erneuere sich immer wieder. Sogar Charakterzüge, Meinungen und Befürchtungen änderten sich mit der Zeit.

»Und da dachten Sie, man könne ja auch gleich den eigenen Namen ändern?«

»Nicht ganz, Herr Pastor, ich habe nur meinem Namen einen zweiten hinzugefügt. Ich habe einen russischen und einen württembergischen Pass. An meiner Haustür steht Samarow und Maron, und die Stuttgarter wissen, dass ich beides bin, Fürst und Maler, aber eher Maler als Fürst sein will. Viele Auswanderer ändern ihren Namen, weil der alte nicht ins neue Land passt.«

»Auch ich bin ein Bummler zwischen zwei Welten«, mischt sich Alex unwirsch ein. »Erst war ich russischer Offizier, dann wurde ich württembergischer Oberstleutnant und musste mich und meinen Namen der Sprache meines neuen Dienstherrn anpassen.«

»Sie sehen, Herr Pastor«, beschließe ich lächelnd den kleinen Disput, »jeder Mensch bleibt unverwechselbar ein- und derselbe, selbst wenn er sich einer fremden Gesellschaft anpasst. Wer ins Ausland geht, muss die Konsequenzen ziehen. Das ist er seinem Gastland schuldig. Oder wollen Sie etwa behaupten, meinen Freund Alex gäbe es doppelt, nur weil er den Dienstherrn und die Sprache gewechselt und den Namen verändert hat?«

Doktor Heller winkt ärgerlich ab. In gequälten Phrasen gibt er seine Meinung kund über Fremde und Fremdes. Wehe, denke ich dabei, wenn eines seiner Gemeindemitglieder es wagen sollte, ihm zu widersprechen.

Endlich schweigt er, was mir recht ist, kann ich mich doch nun meinem eigentlichen Gast zuwenden: »Ich danke Ihnen, verehrtes Fräulein Lehrerin, für die Buntstifte, die Sie mir geliehen haben. Ich war heute in Brothen und am Seetempel und habe zwei Zeichnungen gefertigt. Nach dem Essen zeige ich sie Ihnen.«

Der Oberkellner bringt die Menükarte. »Bitte wählen Sie«, fordert mich der Pastor auf. Das Fräulein Lehrerin und Alex nicken zustimmend.

Ich wähle eine Bouillon als Vorspeise, dann ein Kalbsmilchragout in Coquillenschalen mit geröstetem Brot. Als Hauptgericht Dorsch mit Austernsoße und gebratenen Kartoffeln. Himbeereis zum Nachtisch und eine Flasche 1868er Bernkasteler Doctor.

Pastor Heller, offensichtlich ein Feinschmecker und Weinkenner, lächelt mir anerkennend zu. Wenigstens das kann man ihm recht machen.

In der Zeit, bis das Bestellte serviert wird, reicht die Lehrerin ihre drei Landschaftsbilder herum. Das erste zeigt die Vorderreihe, die Häuserreihe parallel zur Trave, Blumenbeete im Kurgarten das zweite und den Ostseestrand nahe der See-Badeanstalt das dritte.

Für mich sind das Kunstwerke, nicht nur, weil Perspektive, Licht und Schatten stimmig sind, sondern auch der klare Aufbau der Bilder in Vorder-, Mittel- und Hintergrund sowie die Blickführung durch die Komposition beeindrucken.

»Von Maler zu Malerin«, wende ich mich an Fräulein Rudolphi, »Ihre Bilder sind technisch perfekt und malerisch formvollendet. Mit einem Wort: wunderbar! Verkaufen Sie mir eines?«

Im Gesicht des Pastors zeigt sich Verwunderung, dann lächelt er spöttisch. Ich ignoriere ihn und blicke die Lehrerin auffordernd an.

Sie freut sich sichtlich über das Lob und meint verschämt: »Verkaufen? Ich weiß nicht. Aber ich schenke Ihnen eines. Suchen Sie aus, was Ihnen am besten gefällt.«

Ich bitte um einen Augenblick Geduld, eile in mein Zimmer und kehre mit meinen beiden Bildern und den Buntstiften zurück.

Ich gebe die Stifte zurück und bedanke mich.

Die junge Frau strahlt mich an: »Sie brauchen sie bestimmt nicht mehr?«

»Morgen bekomme ich neue.«

Ich schenke ihr meine Farbzeichnung vom Seetempel mit Blick aufs Meer und bekomme von ihr das Bild vom Ostseestrand.

Sie freut sich über mein Bild, vermutlich noch mehr über das gemeinsame Abendessen, bleibt ihr doch ein einsamer Abend erspart.

*

Baronin Samarow sitzt im Atelier vor jenem Bild, das ihr Mann vor seiner Abreise gemalt hat, und vergeht schier vor Kummer und Sorgen. Wo mag er jetzt sein? Warum meldet er sich nicht mehr? Geht es ihm gut, oder liegt er irgendwo schwerkrank darnieder und wartet auf meine Hilfe?

Ihre Ungewissheit steigert sich ins Unermessliche. Endlich fasst sie einen Entschluss.

Sie kleidet sich rasch zum Ausgehen an: weites schwarzes Kleid und kleines Kapotthütchen mit herabhängenden Bändern, dazu die unvermeidliche Tasche mit Bügelverschluss.

Dann eilt sie zur königlich-württembergischen Hofbank und bittet den Bediensteten am Empfang, sie bei Herrn Hofrat anzumelden. Man geleitet sie umgehend in den oberen Stock, wo Leopold von Kaulla, seit Jahresbeginn Direktor der Bank, sie mit den Worten empfängt: »Womit kann ich dienen, gnädige Frau Baronin?«

Sie mache sich große Sorgen um ihren Mann, berichtet sie: »Wie Sie ja wissen, reist er mit Oberstleutnant Alexander von Kuznetsow durch Deutschland. Seit drei Wochen habe ich kein Lebenszeichen von ihm erhalten.«

»Von wo hat er sich zuletzt gemeldet?«

»Aus Hamburg hat er mir einen Brief geschrieben und berichtet, er sei ein paar Tage in Frankreich gewesen und habe in Hamburg ein Auswandererschiff besichtigt und den Zirkus Renz besucht.«

»Wissen Sie, in welchem Hamburger Hotel die beiden Weltenbummler abgestiegen sind?«

»Im *Dänischen Hof*.«

»Ich werde unserer Filiale in Hamburg umgehend

depeschieren. Über den *Dänischen Hof* werden wir in Erfahrung bringen, wo sich Ihr Mann und sein Freund aufhalten. Ich gebe Ihnen schnellstmöglich Bescheid. Bis dahin machen Sie sich bitte keine Sorgen. Ihr Mann wird gesund und munter heimkommen. Davon bin ich felsenfest überzeugt, zumal er mit Oberstleutnant von Kuznetsow einen erfahrenen Mann an seiner Seite hat.«

Wismar, Ende August 1872

Nach dreiwöchiger Entspannung in Cuxhaven und Travemünde fahren wir wieder mit der Eisenbahn. Der Portier unseres Hotels hatte in den *Lübecker Anzeigen* gelesen, man könne sonntags einen Tagesausflug mit dem Zug nach Schwerin machen. Früh morgens hin, spät abends zurück. Wenn wir diesen Zug bis Kleinen nähmen und dort umsteigen würden, wären wir in nicht einmal drei Stunden in Wismar.

Wir sitzen mit Archie Davies und William Jones beim Abendessen zusammen. Unsere englischen Freunde haben auskundschaftet, dass man auch mit dem Dampfschiff nach Wismar fahren kann.

»Kommt doch mit«, schlägt Archie vor, »immer an der Küste entlang, das ist doch herrlich. Wir sitzen beim Bier an der Reling und lassen es uns gut gehen. Gepäck schleppen wie auf der Eisenbahn müssen wir auch nicht.«

Die beiden englischen Gentlemen sind sich einig. Sie fahren mit dem Schiff.

Alex und ich überlegen lange. »Lass uns doch auch über die Ostsee schippern«, befürworte ich den Vorschlag unserer Freunde.

Alex hebt abwehrend die Hand. »Lieber nicht!

Schon bei leichtem Seegang wird mir schlecht. Ich nehme in jedem Fall den Zug.«

»Also gut, fahren wir mit der Eisenbahn«, entscheide ich nach kurzer Überlegung, »Du bist der Reiseleiter. Du verwaltest das Geld. Wer das Pulver hat, entscheidet die Schlacht.«

Alex lacht.

»Was täte ich ohne dich?«, schmeichle ich ihm.

Also sitzen wir am nächsten Sonntag schon um Viertel nach sieben im Zug, der sieben Minuten nach neun in Kleinen am Schweriner See ankommen soll.

In Grevesmühlen steigen zwei jüngere Männer zu, beide um die dreißig.

Sie lüften ihre Hüte. »Ist's gestattet?«

Wir nicken, und sie setzen sich, freundlich grüßend, uns gegenüber.

Wir sind auf der Hut. Nicht noch einmal Gaunern auf den Leim gehen.

Doch die beiden verkaufen nichts, wollen auch kein Geld. Nein, sie sind lustig, erzählen sich Witze, so laut, dass alle Mitreisenden lachen. Sie deuten zum Fenster hinaus, erheitern sich über dumme Zeitgenossen und verbreiten Frohsinn und Lebensfreude. Dann zieht der Größere eine Flasche aus der Jackentasche, der kleinere zwei Gläschen, und sie genehmigen sich einen Schluck, dann noch einen und noch einen.

»Oh Verzeihung«, sagt der Größere, zieht ein

Schnupftuch aus dem Hosensack und wischt sich das Gesicht, »wir haben Ihnen ja gar nichts angeboten. Darf ich Ihnen auch ein Gläschen einschenken?«

Alex macht eine abwehrende Handbewegung.

»Ist aber Sanddorngeist«, sagt der Kleinere, »ganz was Feines.« Er pult noch zwei Schnapsgläschen aus seiner Jacke.

»Sie kennen Sanddorngeist?«, fragt der Größere.

»Nein«, gestehe ich. Alex schüttelt den Kopf.

»Das müssen Sie probieren«, sagen beide wie aus einem Mund.

»Sanddorngeist ist eine hiesige Spezialität. Die muss man kennen, wenn man an der Ostseeküste unterwegs ist«, meint der Kleinere.

Sie schenken zwei Gläschen voll und bieten sie uns an.

Die Stimmung ist heiter und gelöst. Wir fühlen uns verpflichtet, die Schnapsgläschen zu leeren. Das Zeug brennt wie Feuer im Rachen.

Sie wollen nachschenken, doch diesmal lehnen wir ab.

Der Zug hält.

»Bobitz!«, schreit der Kondukteur.

Niemand steigt aus, niemand steigt ein. Ein Pfiff, und der Zug ruckelt wieder an. Frohsinn und Heiterkeit breiten sich im Waggon aus.

Alex und mir wird schwindlig. Über alles um uns herum legt sich ein Schleier, als führen wir durch eine Nebelwand. Dass die Blicke und Ohren der Mitreisenden auf die beiden jungen Männer gerichtet sind, weil sie einen Witz nach dem anderen reißen, erfassen wir nicht mehr. Die Leute amüsieren sich köstlich. Wir hören sie wie von weitem lachen.

»Gleich sind wir in Kleinen«, sagt der Kondukteur im Vorbeigehen zu uns. »Sie müssen dort umsteigen.«

Wir quälen uns mit unserem Gepäck ab. Die beiden jungen Männer springen auf und kommen uns zu Hilfe. Auch sie müssten in Kleinen umsteigen, sagen sie, und bieten an, uns samt Koffern und Taschen in den anderen Zug zu helfen. Benommen wie wir sind, nehmen wir dankend an.

Quietschend kommt die Bimmelbahn zum Stehen.

Der Kondukteur hält uns die Türe auf. Gestützt von den beiden Männern, klettern wir mit weichen Knien aus dem Zug. Zwei weitere Fahrgäste steigen aus und entfernen sich. Gleich darauf steht auch unser Gepäck neben uns.

»Wo wollen Sie hin?«, fragt honigsüß der Kleinere.

»Rostock«, lallt Alex. Mir fällt noch ein, dass wir aber zuerst nach Wismar wollen, doch die Worte bleiben mir im Hals stecken.

Die Lokomotive ruckelt und zuckelt, sie stößt Dampfwolken aus und faucht. Langsam, dann immer schneller fährt der Zug aus dem Bahnhof.

Für mich klingt es, als knirsche die Eisenbahn die ganze Tonleiter hinauf. Alles dreht sich. Die Beine geben nach. Ich muss mich auf meinen Koffer setzen.

Wir bleiben mit den beiden Männern allein auf dem Bahnsteig zurück. Das ist das letzte Bild, das ich wahrnehme.

*

Direktor von Kaulla höchstpersönlich eilt zur Villa Samarow und wird sofort von der Hausherrin empfangen.

»Unsere Hamburger Filiale hat den Portier und den Direktor des *Dänischen Hofes* befragt. Demnach sind Ihr Mann und Oberstleutnant von Kuznetsow mit dem Schiff nach Cuxhaven gefahren. Sie wollten die Nordsee sehen. Nach einer Woche sind sie ins Hotel zurückgekehrt, haben noch einmal drei Nächte in Hamburg verbracht und sind dann nach Travemünde an der Ostsee weitergereist. Dort haben sie zwei Wochen im Hotel *Schiff* gewohnt.«

»Drei Wochen an Nord- und Ostsee, das ist gut«, sagt die Baronin. Sie ist froh, dass Eugen ihren Rat befolgt und sich eine lange Erholung gegönnt hat.

»Dann kommt er ja bald heim.« Sie ist erleichtert.

Der Bankdirektor rutscht unruhig auf seinem Stuhl hin und her. Wie soll er es ihr sagen? Endlich fasst er sich ein Herz.

»Leider, leider haben wir die Spur verloren.«

»Welche Spur?« Sie ist irritiert.

»Die Spur, die zu den beiden führt.«

Sie runzelt die Stirn. »Sie sagten doch, mein Eugen ist in diesem Hotel in ... .« Sie ist verunsichert. »Wie war doch gleich der Name der Stadt?«

»Ihr Mann und Oberstleutnant von Kuznetsow waren im Hotel *Schiff* in Travemünde. Dort haben sie sich mit zwei Engländern angefreundet. Mit denen wollten sie nach Wismar reisen.«

»Wollten? Was nun, sind sie abgereist, oder sind sie es nicht? Nun reden Sie schon, Herr von Kaulla.«

»Sie sind abgefahren«, sagt der Bankdirektor. Er zögert und gibt sich dann einen Ruck: »Sie sind abgefahren, aber nicht angekommen.«

Die Baronin starrt ihren Gast fassungslos an. »Was soll das heißen?«

»Wie ich sagte: Sie sind am letzten Sonntag in aller Herrgottsfrühe in den Zug eingestiegen. Das steht zweifelsfrei fest, denn der Hotelkutscher hat ihr Gepäck zu ihrem Platz im Waggon gebracht und sich von ihnen mit Handschlag verabschiedet.«

»Und dann?«

»Mehr wissen wir nicht. Noch nicht! Vielleicht sind sie unterwegs ausgestiegen und schauen sich die Gegend an. Vielleicht haben sie den Anschlusszug beim Umsteigen verpasst. Jedenfalls sind sie nicht im reservierten Hotel in Wismar eingetroffen.«

*

Zehn Meilen oder sechzehn Kilometer entfernt von Kleinen am Schweriner See gehen Archie Davies und William Jones in Wismar an Land. Die Uhr am Kai zeigt halb drei. Zwei Dienstmänner schleppen ihr Gepäck ins Hotel *Zum fidelen Schweden*, das gleich hinter dem Wasserturm am Lohberg liegt. Der Travemünder Portier hat für sie und ihre Freunde aus Württemberg Zimmer reservieren lassen.

Der Portier im *Fidelen Schweden* verbeugt sich vor den Engländern und heißt sie in seiner Heimatstadt willkommen. Er sei gar kein Schwede, erst recht kein fideler, sondern ein waschechter Wismarer, erklärt er, ohne dass er gefragt wird.

»Sind unsere Freunde aus Stuttgart schon da?«, will Archie wissen.

»Bedaure nein«, sagt der Portier und wischt mit einem Lappen über die Theke. Er ist ein reinlicher Mensch, der es jedem Staubkorn persönlich übelnimmt, wenn es sich in seiner Nähe niederlässt.

»Sie müssten aber seit halb elf hier sein«, beharrt William.

»Wenn ich es Ihnen doch sage. Sie sind noch nicht eingetroffen.«

Archie und William sind ratlos. Was tun? Sie versinken in tiefes Nachdenken.

»Wir gehen zum Bahnhof«, schlägt William vor, »und fragen, ob der Zug überhaupt angekommen ist.«

»Warum das denn?«, will Archie wissen.

»Es könnte doch sein«, sagt William, »dass die Lokomotive einen Schaden hatte oder etwas Unvorhergesehenes geschehen ist.«

Archie ist einverstanden. Sie bitten den Portier, ihnen den Weg zum Bahnhof zu beschreiben.

»Ist nicht weit«, meint der Portier. »Am Wasserturm die Straße hinauf, die heißt Spielberg. Dann die Hundestraße entlang. Und schon sind Sie da.«

Der Bahnhofsvorsteher kapiert sofort. Er will wissen, wann die beiden Stuttgarter in Lübeck losgefahren sind.

»Kurz nach sieben«, antwortet William.

»Aha«, sagt der Eisenbahner, »der sonntägliche Extrazug von Lübeck nach Schwerin. Dann mussten sie in Kleinen am Schweriner See umsteigen.« Er schüttelt den Kopf. »Nein, nein, der Zug aus Kleinen ist pünktlich gewesen. Woran hätte ich denn die beiden erkennen können?«

»Sie reisen mit großem Gepäck«, sagt William.

»Sonntagmorgens um neun kommen nur wenige Leute aus Kleinen an. Etwa sechs, höchstens mal zehn Personen. Zwei Reisende mit großem Gepäck wären mir aufgefallen. Ich war selbst auf dem Bahnsteig. Aber Sie können ja auch die Dienstboten fragen.«

Zwei Männer sitzen, die Dienstmützen ins Genick geschoben, auf einer Bank am Bahnsteig.

Nein, sagen sie, zwei ältere Herren mit Koffern und Taschen seien heute noch nicht ausgestiegen. Die Geschäfte gingen lau, beklagen sie.

Zurück im *Fidelen Schweden* bitten Archie und William den Portier, den Herrn Direktor sprechen zu dürfen.

Direktor Knaus hat seinen Posten seit zehn Jahren inne. Ein solcher Fall sei ihm noch nie vorgekommen, sagt er und reibt sich das Kinn. Er ist ziemlich ratlos.

»Wissen Se wat«, meint er nach langem Schweigen, denn er kommt aus Berlin, »hocken Se sich hin und trinken Se uff Kosten des Hauses nen Likör. Denn wern die Herren schon bald eintrudeln.«

»Ein Whiskey wär mir lieber«, wendet Archie ein.

»Wenn's denn sein muss. Aber globen Se ja nischt, dass dann Ihre Freunde schneller da sind«, sagt der Direktor und zwinkert zum Portier hinüber.

Archie und William genießen den Whiskey. Sie zischen auch noch ein Bierchen und zwei Zwetschgenschnäpse, doch die Freunde wollen und wollen sich nicht einfinden.

»Wenn das so weitergeht«, gibt William zu bedenken, »dann sind wir am Ende besoffen und kriegen nicht mit, wenn unsere Freunde eintreffen.«

Archie steht auf, reckt und streckt sich und winkt seinem Kollegen: »Auf geht's! Schauen wir uns mal im Hafen um. Soll ja ein ganz berühmter sein.«

Sie machen sich auf, bewundern das Wassertor,

einen Backsteinbau mit hohem Giebel und spitzbogigem Durchgang.

Sie schlendern durch das Tor, balancieren über das bucklige Kopfsteinpflaster und stehen schon bald an der Lebensader der ehrwürdigen Hansestadt, dem uralten Hafen.

Hier wurden einst Bierfässer auf Schiffe verfrachtet und bis nach Hinterindien verschifft, sagt ein alter Mann, der vor seinem Häuschen in der Sonne sitzt und sein Pfeifchen raucht. Und hier sei der berüchtigte Seeräuber Störtebeker geboren, der einen Riesenpott Bier in einem Zug leeren konnte.

»Bei Riesenpott fällt mir ein, dass ich einen Riesenhunger habe«, sagt Archie und lässt sich von dem Alten den Weg zum nächsten Lokal beschreiben, in dem man gut essen kann.

So sitzen die beiden Engländer in einer Laube am Hafen und schauen auf die schaukelnden Schiffe. Sie löffeln eine Bouillon mit verlorenen Eiern, schlürfen dazu einen Sherry, machen sich über ein Hamburger Roastbeef mit Madeirasoße und Bratkartoffeln her, trinken einen schweren Bordeauxwein, einen Saint Emilion Grand Cru, und lassen sich zum Dessert Himbeereis mit Sahne servieren. Und weil es hier so gemütlich ist, leeren sie noch eine ganze Flasche Saint Emilion.

Als eine kühle Brise vom Meer her weht und die Sonne sich schon bald verabschieden will, schwanken sie zurück zum *Fidelen Schweden,* lassen sich aufs Zimmer bringen, lassen sich die Schuhe ausziehen und in ihr Bett helfen.

*

Am nächsten Morgen streben die beiden Engländer dem Frühstücksraum zu. Sie verspüren eine gewisse Restsüße und sind noch nicht ganz nüchtern. Als sie durch die Hotelhalle ins Speisezimmer gehen wollen, versperren ihnen Gendarmen und Grenadiere, über und über mit silbernen Litzen, funkelnden Orden und weiß-roten Schulterklappen herausgeputzt, den Weg. Wohin man schaut, überall Uniformierte.

»Ja, ist denn wieder Krieg?«, fragt William den Portier, der kreidebleich hinter seinem Tresen steht und mit weit aufgerissenen Augen das Gewimmel und Gewusel vor sich betrachtet.

Hoteldirektor Knaus eilt herbei. Er ist zappelig und kann vor Aufregung kaum sprechen: »Meine Herren, Se globen nischt, was passiert is.«

Die Gäste aus Stuttgart seien als vermisst gemeldet. Man befürchte, sie könnten in die Hände von Spitzbuben gefallen sein. Daher habe General Friedrich von Maltzahn, der den an Asthma erkrankten Großherzog Friedrich Franz III. von Mecklenburg vertritt, höchste Alarmstufe angeordnet. Wahrscheinlich seien die gleichen Gauner am Werk, die in dieser Gegend schon zahlreiche

Menschen um Hab und Gut geprellt hätten. Man wolle die Betrüger endlich hinter Schloss und Riegel bringen und ein Exempel statuieren.

»Also heute keinen Schinken mit Ei und kein knuspriges Bauernbrot«, ärgert sich Archie, als er und William von zwei resoluten Polizisten in einen Nebenraum geführt werden.

Dort müssen sie hundert Fragen beantworten. Wer sind die beiden Reisenden aus Stuttgart? Wie groß sind sie? Wie alt sind sie? Können Sie die beiden beschreiben? Wie waren sie zuletzt gekleidet? Wann sind sie in Lübeck in den Zug gestiegen? Hatten sie Wertsachen dabei? Wie sah ihr Gepäck aus?

Nach einer Stunde dürfen Archie und William wieder gehen. Die Frühstückszeit ist zwar vorbei, doch Direktor Knaus persönlich bestellt für sie Porridge, schwarzen Tee und Toast mit Schinken.

*

Mir ist schlecht. Um mich herum ist es finster. Wo bin ich?

Ich taste mit der linken Hand. Fühlt sich alles eigenartig an. Mir ist kalt. Wo ist meine Bettdecke? Ich kann sie nicht finden. Ich taste mit der rechten Hand umher. Keine Decke, aber was ist das? Fühlt sich an wie ... wie Heu! Wieso Heu?

Ich will mich aufsetzen. Alles dreht sich. Mein Kopf, mein Kopf! Wenn mir nur nicht so schlecht wäre.

Mit beiden Händen reibe ich mein Gesicht. Ich muss nachdenken. Kann es wirklich sein, dass ich im Heu liege? Aber wieso denn? Wenn's nur nicht so finster wäre.

Ich bin doch nicht allein gewesen? Natürlich nicht, Alex war bei mir. Wo ist er?

»Alex!«

Keine Antwort, doch ganz nah raschelt es. Dann ein heiseres Krächzen. »Eugen?«

Eine Hand fährt mir übers Gesicht. »Bist du das, Eugen?«

»Ja! Was ist passiert?«

»Weiß nicht«, sagt Alex. »Muss ich mir erst zusammenreimen.«

»Saßen wir nicht im Zug und sind dann ausgestiegen?«

»Stimmt!«, meint Alex, »aber das muss schon eine ganze Weile her sein.«

»Wieso?«

»Weil's finster ist. Ich glaub, es ist Nacht.«

»Dann gehen wir vor die Tür und schauen nach.«

»Bleib!«, schreit Alex. »Wahrscheinlich liegen wir im Heu. Vielleicht auf einem Heuboden, wer weiß. Gehen wir umher, können wir irgendwo hinunterfallen und uns den Hals brechen.«

»Wie kommen wir auf einen Heuboden?«

»Ich glaub, die zwei, die uns im Zug einen Schnaps eingeschenkt haben, das waren Gauner.«

»Du meinst…«, ich muss nachdenken, »die haben uns …?«

»… betäubt! Ja,«, sagt Alex entschieden, »die haben uns betäubt.«

»Wozu denn?«

Ich höre, wie Alex sich aufsetzt und …

»Unser Geld ist weg!«, schreit er.

Neben mir raschelt es, als ob Mäuse um uns wären. »Und meine goldene Uhr ist weg!«

Ich ertaste meine Jackentasche, greife hinein. »Auch meine goldene Uhr ist weg!«

»Die haben uns betäubt und ausgeraubt!« Alex ist wütend. »Bande, verfluchte!«

Mir fällt ein, dass wir mit Gepäck unterwegs waren. »Die haben auch unsere Koffer und Taschen mitgenommen«, sage ich, »oder liegen sie neben dir?«

»Nein«, sagt Alex kleinlaut.

»Und jetzt?«

»Lass mich nachdenken«, sagt Alex. Und nach einer Weile: »Wir müssen warten, bis es hell wird. Dann wissen wir, wo wir sind. Mehr können wir vorläufig nicht tun.«

»Irgendwoher zieht's. Spürst du's auch?«

»Ja«, bestätigt Alex. »Wir sind in einer Scheune. Das ist gut.«

»Warum?«

»Weil Scheunen aus Holz gebaut sind und darum nie dicht. Als ich noch Trainoffizier war, mussten wir oft in Scheunen übernachten. Wenn die Sonne aufgeht, wird's hier drinnen einigermaßen hell. Wirst schon sehen.«

Ich ärgere mich maßlos. Über Gauner, Diebe und Betrüger, über mich, über die ganze Welt. So wie im Bienenstock gibt's auch bei den Menschen Fleißige und Ehrliche, aber leider auch Faulenzer und Tagediebe, die sich mit Gewalt oder List bei anderen bereichern. Die arbeitsamen Bienen stoßen die Raubbienen aus dem Stock. Wir Menschen können uns der zweibeinigen Schmarotzer kaum erwehren.

»Ausrotten müsste man die Kerle!«, schreie ich meine Wut hinaus.

»Hast ja recht, lieber Eugen«, will Alex mich trösten. »Der eine betrügt mit falschen Maßen und Gewichten, der nächste mit falscher Ware wie der angebliche Seemann in Travemünde, der dritte mit Wucher, der vierte mit Quacksalberei und Falschmünzerei. Und das ist bei weitem noch nicht vollzählig.«

»Wir sind auch selbst schuld«, gebe ich kleinlaut zu. »Mit Unbekannten darf man sich nicht einlassen, darf man keine Geschäfte machen. Das wissen wir doch! Und Sachen, die man nicht genau kennt, darf man niemals als Pfand annehmen, sei der gebotene Gewinn auch noch so verlockend.«

Ich muss nießen. Das Heu juckt in meiner Nase. »Sag, Alex, sag, warum waren wir so blöd und haben uns verleiten lassen, den Schnaps zu trinken? Da haben die doch ein Pulver hinein, dass wir weder stehen noch gehen konnten!«

»Du sagst es, lieber Eugen, aber geschehen ist geschehen. Ich bin müde und will schlafen, damit wir, wenn's hell wird, wieder auf die Beine kommen.«

»Nur einmal in meinem Leben war ich in einer ähnlich verzweifelten Lage. Du erinnerst dich, Alex? Das war, als meine Frau gestorben ist und du mich gerettet hast. Du bist ein wahrer Freund. Schlaf gut.«

*

Ich bin müde. Mir fallen die Augen zu. Mein letzter Gedanke, bevor sich ein bleierner Schlaf auf mich legt, gilt dem, was ich eben gesagt habe. Und genau jene albtraumhafte Situation blitzt im Traum wieder auf.

Vor über fünfundfünfzig Jahren wurde ich der Comtesse de Châtillon vorgestellt, Hoffräulein bei Ihrer kaiserlichen Hoheit, der Schwester des russischen Zaren und künftige Königin Katharina von Württemberg. Sofort war ich in Liebe entbrannt. Anfang Dezember 1816 heirateten wir. Schon bald war Marie Claire schwanger. Doch Blutungen traten auf und ihr Blutdruck stieg. Etwa drei Wochen vor der errechneten Geburt brachte ich sie ins Hospital. Ich wollte sichergehen, dass bei der Geburt ein erfahrener Arzt zugegen war. Zweimal am Tag besuchte ich meine hochschwangere Frau. Wasser hatte sich in ihrem Gewebe gesammelt. Der Arzt vermutete eine gestörte Niere.

An einem sonnendurchfluteten Sommertag, ich war gerade wieder aus dem Hospital zurück, stand ein Bote vor meiner Tür.

»Bitte begleiten Sie mich sofort ins Hospital«, sagte der Mann und deutete auf seine Kutsche.

Als ich in der Klinik ankam, war es bereits zu spät.

Ich muss geschrien haben wie ein waidwundes Tier. Eine ohnmächtige Wut war in mir. Ich schlug wild um mich.

Der Chefarzt eilte herbei und verabreichte mir bromhaltige Pillen, worauf ich schläfrig wurde.

Man setzte mich wieder in die Kutsche und fuhr mich heim.

Am nächsten Morgen erwachte ich mit verwirrten Gedanken. Schatten der Schwermut, der Verzagtheit und der Seelenpein legten sich über mich. Ich wähnte mich am Ende und wollte nicht mehr leben.

Man rief meinen besten Freund. Alex kam sofort und stand mir in diesen schweren Tagen bei. Er bewachte mich Tag und Nacht, weil zu befürchten war, ich könnte mir etwas antun.

In seiner Not wandte sich Alex an Königin Katharina, die im Jahr zuvor zusammen mit ihrem Mann den württembergischen Thron bestiegen hatte. Sie wusste bereits um den Tod ihres Hoffräuleins und deren Kind. Alex schilderte ihr meinen lebensbedrohlichen Zustand und bat um eine Extrakalesche.

»Wozu und wohin?«, wollte die kaiserliche Hoheit wissen.

Alex berichtete ihr, was er im Sommer 1816 als russischer Trainoffizier in Heilbronn selbst erlebt und auf der Reise mit mir nach Odessa erfahren hatte. Ich müsse wohl zehn Jahre zuvor, damals ein blutjunger russischer Kavallerieleutnant, bei einem Brand im Stift Melk an der Donau so schwer verletzt worden sein, dass ich nicht mehr wusste, wer ich war. Das hätten zwei Mönche des Stifts übereinstimmend mündlich und schriftlich bezeugt. Ohne Kenntnis meiner wahren Identität hätte ich mich von Melk ins nahe Bayern durchgeschlagen, weil ich sehr gut deutsch sprach. Und weil ich vorzüglich zeichnen konnte, habe man mich in die Münchner Fachschule für Lithografie aufgenommen, die ich mit bestem Erfolg absolvierte. Danach sei ich ziellos umhergeirrt und schließlich in Heilbronn gelandet. Dort hätte ich bei Buchdruckermeister Becker, einem älteren, feisten, verschlagenen Mann, als Lithograf gearbeitet. Die blutjunge Frau des Meisters, die recht bald erkannte, dass ihr

Mann zeugungsunfähig war, habe Eugen überlistet, weil sie schwanger werden wollte. Als dann die russische Armee in Heilbronn biwakierte und auf den begabten Lithografen aufmerksam wurde, habe Alex mich auf Befehl von Generalfeldmarschall Fürst Wolkonski und in Abstimmung mit Zar Alexander I. nach Odessa bringen müssen. Dort habe sich schnell herausgestellt, dass ich in Wahrheit der vermisste Fürst Samarow war.

Auf Befehl des Zaren habe Alex mich wieder nach Württemberg zurückbringen müssen, um ihrer kaiserlichen Hoheit bei der Bewältigung der Hungersnot in Württemberg behilflich zu sein. Wenig später habe er mich nach Heilbronn kutschiert, wo ich erfahren hätte, dass Buchdruckermeister Becker gestorben und seine Witwe mit einem wenige Monate alten Säugling allein war. Deshalb hätte ich es gewagt, die Witwe aufzusuchen, die ihm ohne Umschweife erklärte, das Kind sei sein Sohn. Ich sei ganz aus dem Häuschen gewesen und hätte den kleinen Jungen adoptieren wollen.

»Wenn man nun beide, Mutter und Kind, nach Stuttgart holt, dann fasst der Patient vielleicht neuen Lebensmut«, präzisierte Alex seine Bitte.

»Einen Versuch ist es allemal wert«, entschied die Königin und gab Befehl, den kleinen Andreas Eugen und dessen Mutter Mathilde Becker mit einer Extrakalesche auf dem schnellsten Weg herzuholen.

So geschah es. Man legte den Säugling in meine Arme, die Mutter des Kindes setzte sich auf den Rand meines Bettes, und das Wunder geschah.

Ich muss wohl zusammengezuckt sein, unverwandt das Kind in ihren Armen angestarrt und plötzlich den Kleinen und die Frau angelächelt haben.

Alex, der das alles beobachtet hatte, fasste das ungeheuerliche Ereignis später wiederholt so zusammen: »Sie kam, er sah, und es war um ihn geschehen.« Denn ich fand nicht nur den Säugling entzückend, sondern bald auch dessen Mutter.

Als Alex der Königin Bericht erstatten musste, schilderte er diese Szene. Ihre kaiserliche Hoheit sah ihn aus ihren großen, wachen Augen an und schüttelte unmerklich ihre dunklen Locken. Sie hatte aufmerksam zugehört. Jetzt blitzte sie ihn neckisch an und meinte mit einem kleinen spöttischen Zug um ihren Mund: »Dann werde ich mal in Sankt Petersburg anfragen, was man dort zu einer Adoption des Kleinen und zu einer eventuellen Hochzeit mit der Mutter des Kindes meint. Einfach wird es nicht, denn sie ist ja nicht von adeliger Abstammung. Oder doch?«

»Leider nein, Ihre kaiserliche Hoheit«, bestätigte Alex. Er wusste, worauf die Königin anspielte. Die Stellung des Adels war seit einem Ukas des Zaren Peter I. aus dem Jahre 1722 geregelt. Der legte unmissverständlich fest, dass adlige Familien entweder dynastischen Ursprungs zu sein hatten oder in Staat oder Armee an wichtiger Stelle gedient haben mussten. Die Adelstitel in Russland gestalteten sich ähnlich wie im übrigen Europa: Fürst, Graf, Baron und unbetitelter Adel. Es gab den erblichen und den persönlichen Adelstitel. Höhere Offiziere im Heer und in der Marine wurden persönlich geadelt, die Spitzen von Heer und Marine mit einem erblichen Adelstitel belohnt. Auch mit der Verleihung gewisser Orden war ein erblicher Adelstitel verbunden.

All das traf auf Mathilde Becker nicht zu. Deshalb war Alex in großer Sorge, die Sache könnte nicht gut ausgehen.

Doch, o Wunder, schon bald kam aus Sankt Petersburg eine positive Nachricht. Falls Fürst Samarow das Kind adoptiere, werde es mit den Rechten eines ehelichen Kindes ausgestattet und als Erbprinz Andrej Ewgenj Samarow in die russische Adelsliste eingetragen. Beim Ableben seines Vaters rücke der Erbprinz zum Fürsten Samarow auf. Falls Fürst Samarow die bürgerliche und somit nicht ebenbürtige Mathilde Becker heirate, könne ihr nur ein niedriger Adelsrang verliehen werden. Man schlage im vorliegenden Fall den Titel *Baronin Samarow* vor und bitte den Fürsten um Zustimmung. Vorsorglich weise man darauf hin, dass weitere Nachkommen aus dieser morganatischen Ehe von der Thronfolge ausgeschlossen und in Bezug auf das fürstliche Vermögen in Russland nicht erbberechtigt sind.

Im darauffolgenden Sommer heiratete ich meine Mathilde und adoptierte den kleinen Andreas Eugen, der damit amtlich zu Erbprinz Andrej Ewgenj Samarow wurde.

Bald darauf erhielten wir eine persönliche Einladung von Königin Katharina zur monatlichen Teegesellschaft. Ihre kaiserliche Hoheit war ähnlich energisch und heiter gestimmt wie bei meiner ersten Begegnung mit ihr. Sie dankte zu Beginn der Audienz für meinen Einsatz in der Hungerkrise und für meine finanzielle Unterstützung ihrer karitativen Einrichtungen. Und sie erbat sich von mir ein Bild von Odessa, am liebsten ein Blick von der Stadt aufs Schwarze Meer, denn der weite Himmel, die See und die anbrandenden Wellen hatten es ihr angetan. Selbstverständlich nur gegen Bezahlung, entschied sie und duldete keinen Widerspruch. Die übrige Zeit unterhielt sie sich angeregt mit meiner Frau über die Erziehung der Kinder, hatte sie doch inzwischen selbst zwei Töchter aus der Ehe mit König Wilhelm: Marie Friederike Charlotte, demnächst zwei Jahre alt, und Sophie, erst kurz zuvor geboren.

»Aufwachen, Eugen, es ist Tag!«, ruft Alex. Langsam öffne ich die Augen. Tatsächlich, wir liegen in einer Scheune im Heu.

*

Wir liegen im Heu, nicht jedoch auf einem Heuboden. Vor uns ist das Tor der Scheune. Wir halten uns aneinander fest, bis wir das Tor erreichen.

»Geht's?« fragt Alex besorgt.

»Mach dir meinetwegen kein Kopfzerbrechen«, bitte ich meinen Freund.

Alex rüttelt am Tor. Es ist verschlossen, leider, wahrscheinlich von außen verrammelt. Wäre auch zu schön gewesen, wir hätten einfach so hinausspazieren können.

Alex tippt mir auf die Schulter. »Schau, da sind Lücken zwischen den Brettern.«

Wir drücken unsere Nasen platt. Zwischen manchen Brettern können wir ins Freie sehen. Vor uns liegen Wiesen und Felder in der Morgensonne.

»Scheunen sind meist in der Nähe von Bauernhöfen«, sagt Alex. Er weiß es, ich vertraue ihm.

Genau in diesem Augenblick hören wir Kirchenglocken, gar nicht fern, wie uns scheinen will.

»Wenn wir hinauskämen, könnten wir zur Kirche gehen oder zum nächstbesten Bauern und um Hilfe bitten.«

Alex nickt. »Wenn, ja wenn … .« Er geht die ganze Bretterwand ab und rüttelt immer wieder. »Vielleicht ist ein Brett lose«, sagt er.

Plötzlich schreit er: »Unsere Koffer und Taschen! Da liegen sie!«

Tatsächlich, da sind sie, geöffnet, Wäsche und Schuhe verstreut im Heu.

»Sie haben alles durchwühlt!«

»Wahrscheinlich hatten sie es nur auf Geld und Wertsachen abgesehen.«

Alex hat recht. Es fehlt nichts, außer zwei goldene Uhren und unser Geldbeutel.

Wir räumen Koffer und Taschen wieder ein. Dabei kommt mir der Brillantring in den Sinn, den die vorgeblich polnische Millionärin meinem lieben Alex aufgeschwatzt hat. Ich drehe alle Hosen- und Jackentaschen um. Kein Ring!

Ich kann ein bitteres Lachen nicht unterdrücken. »Den Brillantring haben sie auch mit«, sage ich triumphierend. »Die werden Augen machen, wenn sie ihn versilbern wollen.«

Alex nagt an der Unterlippe. Er überlegt hin und her. »Wenn wir einen Hammer hätten oder wenigstens einen schweren Stein, dann könnten wir das Tor aufschlagen oder ein paar Bretter hinaushauen.«

Während er die ganze Scheune absucht, setze ich mich ins Heu und bejammere unser Schicksal.

Alex hat nichts gefunden, außer einer Eisenstange. Mit der hämmert er emsig auf das Tor ein. Vergebens!

Er geht mit der Stange in der Hand die Bretterwand ab und versucht immer wieder, sie in einen Spalt zu schieben. Endlich hat er eine Stelle gefunden, die erfolgversprechend ist.

»Komm, hilf mir!«

Mit vereinten Kräften gelingt es uns, ein Brett herauszubrechen. Dann noch eines und noch eines.

Mühelos können wir ins Freie hinausklettern. Unsere Scheune liegt keine zweihundert Schritte vom Seeufer und den Eisenbahngleisen entfernt. Zum Dorf ist es nicht weit.

»Ich wette, das ist Kleinen, wo wir ausgestiegen sind.« Ich deute auf die Schienen, die zwischen Dorf und See verlaufen. »Und das ist der Schweriner See.«

Alex stimmt mir zu. »Die Gauner mussten uns und unser Gepäck schleppen. Erstaunlich, dass sie es, ohne aufzufallen, überhaupt bis zur Scheune geschafft haben.«

Wir lassen Koffer und Taschen zurück und stiefeln an den Schienen entlang ins Dorf.

Ein Bauer kommt uns entgegen, die Hacke geschultert.

Er bleibt stehen, beäugt uns misstrauisch.

Wir gehen auf ihn zu.

»Gauner haben uns betäubt und in diese Scheune gesperrt«, versuche ich ihm unsere missliche Lage zu erklären.

Seine Mine hellt sich auf. Das ganze Dorf sei voller Gendarmen und Grenadiere vom zweiten Regiment in Schwerin, erzählt er uns. Sie suchten nach zwei Schwaben, die vermisst seien.

»Die suchen uns!« Alex lacht mich an. »Bring uns

bitte zu den Gendarmen, guter Mann«, bittet er den Bauern.

*

Der Pfarrer von Kleinen serviert uns ein herrliches Frühstück: Tee mit Milch, gekochte Eier, frisches Brot, Honig und Wurst.

Wir lassen es uns schmecken. Uns gegenüber sitzen der Pfarrer, ein erfahrener Gendarm und ein Regimentsoffizier. Unterm Kauen erzählen wir, was wir erlebt haben. Und der Offizier berichtet, ein Bankier aus Wismar habe eine Depesche erhalten mit dem Auftrag, uns umgehend im Hotel *Zum Fidelen Schweden* aufzusuchen und nach dem Befinden zu befragen. Als er dort hörte, wir seien gar nicht angekommen, habe er sofort die Gendarmerie verständigt. Bald darauf sei bei General Friedrich von Maltzahn, der den kranken Großherzog Friedrich Franz III. von Mecklenburg vertritt, eine weitere Depesche aus Stuttgart eingegangen, in der die Befürchtung geäußert wurde, zwei hochrangige Persönlichkeiten würden im Raum Wismar vermisst.

Die von uns beschriebenen zwei Gauner würden schon seit drei Jahren die Gegend zwischen Schwerin, Wismar und Rostock unsicher machen, ergänzt der Gendarm. Auf ihr Konto gingen zahlreiche Verbrechen und Betrügereien.

»Kein Schloss ist vor ihnen sicher, keine Tür ausreichend verrammelt«, sagt der Offizier. »Sie stehlen meist bei Tag. Wo viele Menschen zusammen sind, treiben sie ihren Schabernack. Stets haben sie ein Lächeln auf den Lippen, erzählen Witze und verteilen Komplimente. Damit lenken sie die Leute ab. Oft betäuben sie ihre Opfer unbemerkt und rauben sie dann hemmungslos aus. Sie haben es immer nur auf Geld und Wertsachen abgesehen, weil sie mit leichtem Gepäck reisen. Aber Achtung, auch wenn sie ein freundliches Gesicht zeigen, so sind sie doch rücksichtslos und schrecken vor keiner Gewalttat zurück.«

»Haben Sie eine Vermutung«, wendet sich der Gendarm an uns, »wohin sich die Verbrecher verzogen haben könnten?«

Ich sehe Alex fragend an. Als er nicht antwortet, sage ich: »Nach Wismar.«

»Weshalb?«

»Sie haben uns Geld gestohlen, zwei goldene Uhren und einen auffälligen Ring mit einem Stein, der wie ein Brillant funkelt, aber ein böhmischer Glasstein ist. Das wissen die Gauner bestimmt nicht. Ich wette, sie wollen ihn bei einem Juwelier zu Geld machen.«

»Aber warum in Wismar?«

»Als wir hier in Kleinen aus dem Zug geklettert sind, haben sie uns gefragt, wohin wir reisen. Mein lieber Freund Alex, schon reichlich betäubt, wie ich auch, hat Rostock gesagt, weil das unser übernächstes Ziel ist.«

Der Gendarm wird leicht ungeduldig: »Ich verstehe immer noch nicht.«

»In Schwerin wären die Gauner vielen Leuten aus Lübeck begegnet, die mit uns im Zug saßen. Und in Rostock befürchteten sie, uns zu treffen. Also versuchen sie vermutlich ihr Glück bei einem Juwelier in Wismar.«

»Na dann«, sagt der Offizier, »auf nach Wismar! Wir bringen Sie in Ihr Hotel und statten dann allen Juwelieren einen Besuch ab.«

Zwei Stunden später treffen wir im *Fidelen Schweden* ein. Hoteldirektor Knaus persönlich nimmt uns in Empfang und geleitet uns in unsere Zimmer, wo wir uns ein ausgiebiges Schläfchen gönnen.

Gegen halb fünf klopft es an meiner Tür. Archie und William stehen draußen und grinsen über beide Ohren. Sie freuen sich, mich wiederzusehen. Zu dritt holen wir Alex ab und setzen uns zur ausgiebigen Teestunde in den Garten des Hotels.

*

Am nächsten Morgen geschieht etwas Außergewöhnliches: Drei Gendarmen führen zwei junge Männer, gefesselt an Händen und Füßen, an unseren Frühstückstisch.

Es sind die beiden Halunken aus dem Zug. Sie lächeln uns blöde an, ich hätte sie ohrfeigen können. Von Alex ernten sie einen vernichtenden Blick. Ich kenne meinen Freund, er schäumt vor Wut.

»Sind das die Spitzbuben, die Sie betäubt und ausgeraubt haben?«, fragt der Gendarm, den wir schon vom Pfarramt in Kleinen kennen.

»Jawoll«, sagt Alex und bittet den Gendarmen: »Tun Sie mir den Gefallen, und drehen Sie die Spitzbuben herum, damit ich ihre Visagen nicht mehr sehen muss!« Dann steht er auf und gibt jedem der beiden einen saftigen Tritt in den Hintern.

Der Gendarm erschrickt und sagt: »Das kann ja heiter werden.«

Der größere der beiden Gauner will aufbrausen und sich auf Alex stürzen. Doch der Gendarm stößt ihn zurück und schnauzt: »Halt's Maul!«

Dann grinst der Gendarm uns an und zieht zwei goldene Uhren aus seiner dienstlichen Umhängetasche. »Das sind doch Ihre, oder irre ich mich?«

Die Gravuren auf dem Sprungdeckel weisen sie zweifelsfrei als unser Eigentum aus.

»Wie Sie vermutet haben«, wendet sich der Gendarm an mich, »wollten die Spitzbuben genau in dem Augenblick, in dem wir ins Juweliergeschäft gegangen sind, die Uhren und den falschen Ring verscherbeln. Doch statt Gold und Silber gibt's jetzt Wasser und Brot im Knast für die beiden Galgenvögel«, höhnt er.

»Jawoll!«, sagt Alex, »an den Galgen mit den

Halunken!« Er steht noch einmal auf, dreht dem kleineren der Gauner die Nase herum und schlägt ihm ins Gesicht. Dann zieht er den größeren am Ohrläppchen und verpasst ihm eine erfrischende Maulschelle. »So«, sagt er und setzt sich wieder, »jetzt ist mir wohler.«

»Bitte nehmen Sie Platz, meine Herren«, fordere ich die drei Gendarmen auf und ordere beim Oberkellner drei Kaffees mit Milch und Zucker und etwas Gebäck. »Die Herren Verbrecher bleiben stehen. Sie dürfen aber zuschauen, wie wir es uns schmecken lassen.«

So genießen wir zu fünft eine fidele Frühstückstunde. Dann sagt Alex zu dem uns vertrauten Gendarmen: »Und jetzt bringen Sie bitte diese fiesen Visagen hinter Schloss und Riegel. Sonst wird mir bei deren Anblick noch schlecht.«

Gerade sind die Gendarmen samt Spitzbuben fort, da tritt ein vornehm Gekleideter an unseren Tisch. »Verzeihen Sie die Störung«, sagt er, verbeugt sich und stellt sich als Direktor Neumann vom hiesigen Bankinstitut vor. »Ich begrüße Sie aufs Herzlichste, nicht zuletzt im Namen der königlich-württembergischen Hofbank und Herrn Direktor von Kaulla persönlich, in unserem schönen Wismar. Ich bin über alles im Bilde und beauftragt, für Ihre Unversehrtheit und Ihr leibliches Wohl hier an der Ostsee Sorge zu tragen.«

Geschwollener geht's nicht, denke ich, doch laut

sage ich: »Wir danken, Herr Direktor, dass Sie die Gendarmerie verständigt und alles in die Wege geleitet haben, uns aus unserer misslichen Lage zu befreien.«

Und Alex ergänzt: »Wenn Sie erlauben, dann begleite ich Sie jetzt in Ihr Institut. Wie Sie ja wissen, hat man uns die letzten Groschen geraubt... .«

»Natürlich, natürlich«, Direktor Neumann verbeugt sich abermals, »man hat mich aus Stuttgart angewiesen, Ihnen jede gewünschte Summe auszuhändigen.«

*

Den Rest des Tages verbringen wir mit unseren englischen Freunden. Wir balancieren über holpriges Kopfsteinpflaster am Wismarer Marktplatz, einem der größten Plätze, die er je gesehen habe, erzählt Archie.

Archie weiß inzwischen viel über die Hansestadt, hat er doch am Vortag einem Fremdenführer gelauscht und im Baedeker gelesen, während William die Läden der Stadt nach seltenen Mineralien abgeklappert hat.

»Also diese Pflastersteine«, sagt Archie, »haben eine lange Reise hinter sich. Wismar exportierte Bier in die ganze Welt. Und bei der Heimfahrt waren die Handelskoggen zu leicht. Damit sie nicht zum Spielball der Wellen wurden, stapelten die

Seefahrer Steine in ihren Schiffen. Hier an der Küste gibt's nämlich keine Steinbrüche. Deshalb sind alle Häuser aus Backsteinen erbaut.«

»Bravo!« Alex applaudiert. »Brav auswendig gelernt, Archie.«

Ein bisschen Häme schwingt in dem Beifall auch mit, das spüre ich genau. Ist Alex immer noch wütend, weil man uns betäubt und ausgeraubt hat?

»Sei nicht so albern«, sage ich leise zu ihm. »Was ist los, Alex? Vergiss die Gauner!«

»Wenn's bloß das wäre«, flüstert er zurück. »Ich bin müde. Mir wird das alles zu viel.«

Archie lacht.

Alex wirft mir einen genervten Blick zu.

Archie lacht gern und viel. William ist eher nachdenklich und ernst. Der eine ist Außenminister, der andere Innenminister, will mir scheinen, aber sie ergänzen sich gut.

Gegenüber dem mächtigen und prächtigen Rathaus, das fast eine ganze Seite des Marktplatzes einnimmt, ist ein Café. Wir setzen uns und bestellen Tee und Torte von frischen Zwetschgen, ein mir völlig unbekanntes Backwerk. Auf Nachfrage erklärt mir der Ober, es bestehe aus Mürbteig mit einer Lage entkernter und gehäuteter Zwetschgen, bestreut mit reichlich Zucker und Zimt und abgedeckt mit geschlagener Sahne. Mir schmeckt die Torte vorzüglich, weil sie so erfrischend ist.

Archie führt uns weiter durch die schöne Stadt.

Vorbei an alten Bürgerhäusern mit Treppengiebeln und reich verzierten Fenstern, an prächtigen Villen und Schaufenstern voller reichhaltiger Auslagen. Hinein in die Marienkirche, der höchsten der drei Stadtkirchen. Hinein in die Nikolaikirche, die einst den Seefahrern und Fischern bei Sturm zur sicheren Heimfahrt leuchtete. Danach zum Fürstenhof, geschmückt mit Porträts antiker und zeitgenössischer Persönlichkeiten. Hier trafen sich früher die Landesfürsten, hier residierte in der Schwedenzeit Wismars das oberste Gericht für alle schwedischen Besitzungen auf deutschem Boden. Dann ins Zeughaus, dem Waffenarsenal der Schweden, Zeugnis schwedischer Architektur. Weiter zum wunderschönen Schabbellhaus, dem alten Brauhaus an der Frischen Grube. Und schließlich entlang der Frischen Grube, einem künstlichen Wasserlauf, der die Stadt mit frischem Wasser aus dem Schweriner See versorgt.

Ermattet und erschöpft lassen wir uns in jenem Lokal am Hafen nieder, in dem Archie und William schon einmal ausgiebig geschlemmt und gebechert haben.

*

Beim Frühstück am nächsten Morgen kommt Bankdirektor Neumann zum zweiten Mal.

»Was verschafft uns dieses Mal die Ehre?«, fragt Alex.

»Herr von Kaulla von der Hofbank in Stuttgart hat erneut depeschiert.«

Ich bitte den Herrn Bankdirektor, Platz zu nehmen. »Im Sitzen plaudert sich's angenehmer.«

Neumann dankt und setzt sich.

»Weiß Herr von Kaulla schon, dass wir gerettet wurden?«, will ich wissen.

»Ihre Frau Gemahlin, Durchlaucht, ist hocherfreut, dass Sie und Herr von Kuznetsow gesund und munter in Wismar angekommen sind.«

»Seine Durchlaucht, mein lieber Herr Direktor, ist in Stuttgart geblieben. Nur der Maler Eugen Maron treibt sich in Wismar herum.«

Alex, der solche Sprüche gewöhnt ist, zieht das Genick ein und verbirgt sein Grinsen hinter seiner Teetasse.

»Verzeihen Sie, Durch..., äh, Verehrtester, ich wollte Sie nicht kränken.« Neumann besitzt die seltene Gabe, sich im Sitzen zu verbeugen. »Jedenfalls ersucht Ihre Frau Gemahlin Sie und Herrn von Kuznetsow, baldmöglichst die Heimfahrt anzutreten. Sie seien nun schon mehr als sieben Wochen fort. Außerdem stehe demnächst das fünfzigjährige Jubiläum der Kunstwerkstatt an, die Ihr Herr Sohn jetzt leitet und die Sie gegründet hätten.«

»Hat meine Frau recht?«, wende ich mich an Alex.

»So ziemlich«, räumt Alex ein. »Ich habe deiner Frau versprechen müssen, dass wir rechtzeitig zum Jubiläum zuhause sind.«

»Sieben Wochen? Sind es wirklich schon sieben Wochen? Ich kann es kaum glauben.«

»Aber ja«, meint Alex, »wir haben über drei Wochen an Nord- und Ostsee verbracht, waren eine Woche in Paris, eine Woche in Hamburg und die restliche Zeit saßen wir in der Bahn oder haben Wehwehchen auskuriert.«

Archie und William kehren von ihrem morgendlichen Spaziergang zurück. »Ich will auf die Ostsee rausfahren und angeln«, sagt William zu Alex, »kommst du mit?«

»Und was machst dann du«, wendet sich Alex an mich.

»Geh mit mir an den Wendorfer Strand«, schlägt Archie vor. »Der ist nicht weit.«

Wir verabreden, uns wieder zum Abendessen im Hotel zu treffen.

Archie und ich schlendern am Hafen vorbei bis nach Wendorf. Dort setzen wir uns zunächst ans Ufer der Ostsee, genießen den hellen, feinsandigen Strand, der flach ins Wasser abfällt, und schauen den Schiffen zu, die den Wismarer Hafen ansteuern. Das Meer ist ruhig, der Wellenschlag gering.

Nicht weit entfernt werden heiße und kalte Getränke ausgeschenkt, Schmalzbrote geschmiert und eingelegte Heringsfilets verkauft.

Ich bestelle zweimal Tee und zweimal Sandkuchen. Archie trägt alles an einen der Tische mit Bänken auf beiden Seiten.

Die Füße im Sand und die Sonne über uns genießen wir den Tag.

»Freust du dich, bald wieder zuhause zu sein?«, fragt Archie.

»Natürlich«, räume ich ein, »nur die lange Fahrt, das viele Umsteigen und die endlose Warterei auf den Bahnhöfen gehen mir gewaltig gegen den Strich.«

»Seit wann lebst du in Stuttgart?«

»Weit über fünfzig Jahre sind's schon.«

»Aber eigentlich bist du doch Russe.«

»Ja, das war ich mal. Ist aber, wie gesagt, lange, lange her.«

»Und wo warst du in Russland zuhause?«

Was soll ich ihm sagen, geht mir durch den Kopf. Und dann erzähle ich ihm von meiner Reise an die Wolga. Fremden vertraut man oft mehr an als Angehörigen und Freunden.

»Ich bin in Odessa gewesen, der berühmten Hafenstadt am Schwarzen Meer, wo mein ältester Sohn inzwischen lebt. Ob ich nicht unsere Güter in Wossinsk besuchen oder anderswohin reisen wolle, hat mich mein Andrej gefragt. Zunächst habe ich abgelehnt, aber dann, einer inneren Eingebung folgend, doch zugestimmt.

Andrej besorgte eine einachsige Kutsche samt Fuhrmann, verstaute eigenhändig Reiseproviant unter der Sitzbank und schärfte dem Kutscher ein, er müsse mich wieder heil heimbringen.

Auf gut ausgebauten Mautstraßen, die auch die russische Post nahm, kamen wir rasch voran, aßen und schliefen in Poststationen und erreichten nach wenigen Tagen die hügelige Bergseite an der unteren Wolga.

Vor meinem inneren Auge sah ich, wie die Steppe blühte. Millionen gelber und roter Wildtulpen, Felder von duftendem Majoran und unendliche Weiten voller Schafgarbe malten eine zauberhafte Landschaft, wie ich sie niemals auf die Leinwand bannen könnte.

Das Dorf aber, das ich unbedingt noch einmal sehen wollte, hatte sich sehr verändert. Ich erkannte es nicht wieder.

Die ersten Siedler, ehrsame und fleißige Bauern und Handwerker aus Württemberg, die einst Zarin Katharina ins Land gerufen hatte, waren wohlhabend geworden. Statt der Holzhütten, wie ich sie in Erinnerung hatte, sah ich nun begüterte Anwesen. Und in der Straße, in der ich als Kind mit Freunden gespielt hatte und zu den Kosaken gerannt war, fand ich nicht einmal mehr die Hütte, die mir einst so vertraut gewesen war.

Sie sei abgerissen worden, sagten mir die Leute aus der Nachbarschaft. Darunter kein einziges vertrautes Gesicht. Sogar etliche alte Siedlernamen waren in Vergessenheit geraten.

Wo die Leute hin seien, die hier an dieser Stelle in einer Holzhütte wohnten, habe ich gefragt.

Die Frau sei schon vor über dreißig Jahren gestorben und der Mann gleich danach fortgegangen. Wohin wüssten sie nicht.

Auch die Kinder seien alle fort. Die Töchter hätten nach auswärts geheiratet. Drei Söhne seien nach Bessarabien weitergezogen. Und von zwei Söhnen wisse man nichts. Manche sagen, sie würden jetzt auf der Krim leben oder seien nach Deutschland zurückgekehrt. Ich wandte mich entsetzt ab. Nichts! Keine einzige Spur!«

Archie hat gebannt zugehört. Jetzt atmet er tief durch und sagt: »Ach Eugen, auch in der Heimat gibt es Dinge, die einem fremd sind. Aber erst auf Reisen fällt das auf, und ich frage mich oft: Wer bin ich? Dann möchte ich nur, dass man sieht, wer ich bin, und dass man mich so nimmt, wie ich bin.«

Ich sinne seinen Worten nach. Auch Archie schweigt ein Weilchen, dann fragt er: »Was hast du dann gemacht?«

»Ich bin verstört zur Kutsche zurück, habe mich ins Gras gesetzt und fassungslos zu Boden gestarrt. Lange bin ich so gesessen und habe mich nicht gerührt. Die Bäume warfen immer längere Schatten. Die Sonne zog sich hinter die weit entfernten Bergketten zurück und übergoss die Gipfel mit ihrem gelben und roten Licht, so weich und schön, dass ich, wäre ich nicht so enttäuscht und müde gewesen, hätte lachen können vor Glück. Und plötzlich traf mich die Erkenntnis: Du musst nicht länger suchen! Das Paradies ist in dir! Du kannst heimgehen. Ich habe ein letztes Mal über den Fluss geschaut. Dann habe ich leichten Herzens den Kutscher gebeten, das Pferd wieder einzuspannen. Nichts wie heim, habe ich zu dem verdutzten Mann gesagt. Seither weiß ich: Leben, einfach leben, mehr braucht es nicht!«

*

Anderntags, es ist ein strahlender Dienstagmorgen, sitzen wir zu viert beim Frühstück im Garten unseres Hotels.

»Fahren wir heim?«

»Ja, Alex, aber erst am Freitag. In der Zwischenzeit kann der Portier die Billets besorgen. Auch unsere Wäsche sollten wir noch waschen lassen. Und dann auf dem schnellsten Weg nichts wie heim.«

»Sehr schade«, meint William. »Mit euch kann man jeden Tag genießen, weil ihr zuvorkommend und zurückhaltend seid.«

»Wir sollten uns unbedingt wiedersehen«, schlägt Archie vor.

»Im Gegensatz zu uns seid ihr noch jung«, gebe ich zu Bedenken. »Für euch ist jede Reise ein Vergnügen. Alex und mir hingegen fällt es immer schwerer, in die Züge zu klettern und aus dem Koffer zu leben. Darum lade ich euch zu mir nach Stuttgart ein. Ein Hotel braucht ihr nicht, Platz ist in meinem Haus genug. Alex und ich zeigen euch unsere Heimat. Da ist vieles anders als hier und bei euch in England, aber auch schön. Überall, wo man sich zuhause fühlt, ist es schön, wenn man ehrlich ist. Ihr seid herzlich willkommen!«